Karl Göbel

Die Begründung der Skepsis des Aenesidemus durch die zehn Tropen

Karl Göbel

Die Begründung der Skepsis des Aenesidemus durch die zehn Tropen

Unveränderter Nachdruck der Originalausgabe von 1880.

1. Auflage 2024 | ISBN: 978-3-38692-214-2

Antigonos Verlag ist ein Imprint der Outlook Verlagsgesellschaft mbH.

Verlag: Outlook Verlag GmbH, Zeilweg 44, 60439 Frankfurt, Deutschland, info@outlook-verlag.de
Vertretungsberechtigt: E. Roepke, Zeilweg 44, 60439 Frankfurt, Deutschland
Druck: Libri Plureos GmbH, Friedensallee 273, 22763 Hamburg, Deutschland

Die eigentümliche Bestimmung des hellenischen Volkes, in jeder Geistesarbeit von kleinen Anfängen aus mit erstaunlich schnellem Schritte zu hoher Reife vorzudringen, tritt auch in seiner Philosophie klar zu Tage. Verhältnismässig spät begannen die Hellenen nach dem Grunde der Dinge zu forschen, aber kaum hatten einige Männer den Versuch gemacht, die gesamte Welt der Erscheinungen zu erklären, als schon die Eleaten ein Problem aufstellten, an dessen Lösung die ganze folgende Philosophie arbeitete, und welches noch immer scharfsinnige Denker anlockt: die Frage nämlich nach dem Verhältnis des Denkens zum Sein.

Parmenides beantwortete dieselbe dahin, dass das, was nicht gedacht werden könne, auch nicht existiere, und leugnete damit jede Veränderung und Bewegung, weil sie sich nicht begreifen liesse. Da also die eleatische Lehre das Gebiet der Sinneserfahrung von dem der Erkenntnis mit scharfem Schnitt getrennt und hiermit die ergiebigste Quelle aller Erkenntnis, die Wahrnehmung durch die Sinne als trügerischen Schein verworfen hat, so hat sie thatsächlich auf eine Erkenntnis der Aussenwelt völlig verzichtet, und wir sind berechtigt, bis auf die Eleaten den Skepticismus, der sich hier als Zweifel an der Richtigkeit der sinnlichen Wahrnehmung zeigt, zurückzuführen.

Damit hatten sie aber nicht jedes Wissen aufheben, sondern nur eine Quelle absperren wollen, die nach ihrer Überzeugung nur Gift statt Segen brachte; und nachdem den leiblichen Organen die Fähigkeit, Grundlage der Erkenntnis zu sein, abgesprochen war, verteidigten sie mit um so grösserer Festigkeit das Recht des Geistes, unvermittelt die Wahrheit zu begreifen. Dem Skepticismus der Eleaten sind also feste Schranken gezogen. Bei ihnen erstreckte er sich nur bis zur Leugnung einer Erkenntnis durch die Sinne. Er ist nur die Vorbereitung zu ihrem grossartigen positiven Bau, der sich auf die Untrüglichkeit menschlichen Denkens gründete.

Fast dieselbe Ausdehnung gab dem Zweifel Plato. Wenn er auch die Berechtigung der sinnlichen Wahrnehmung nicht durchaus verwirft, so ist sie doch eine Quelle der Täuschungen; sichere Erkenntnis bringt ihm nur das Denken. Ja er geht noch einen Schritt weiter als die Eleaten, das Denken ist ihm nicht bloss mehr ein Massstab für das Reale, sondern, wenn es sich zu Begriffen gestaltet hat, das Reale selbst. Hatten also weder die Eleaten noch Plato die Absicht, jede Erkenntnis zu leugnen, suchten sie vielmehr nur die Forschung vor Irrtum zu schützen, so barg doch der negative Teil ihrer Untersuchung nicht geringe Gefahr für die weitere Entwickelung der Philosophie. Ist einmal einer Kritik der Erkenntnisquellen Bahn gebrochen und die Richtigkeit dessen geleugnet, was dem unbefangenen Beobachter am untrüglichsten von allen Erkenntnismitteln erscheint, so ist dem eigentümlich reizvollen Streben freie Bahn gemacht, das sich darin gefällt, die Kräfte der Menschen zu verkleinern, und seine Hilflosigkeit nach allen Seiten hin blosszustellen. Schon Protagoras hatte jede Erkenntnis der Wahrheit, auch die durch Vernunft gewonnene geleugnet, und der Beifall, den seine und anderer Sophisten Sätze, mochten sie auch noch so leichtfertig und spitzfindig begründet sein, bei den Zeitgenossen fanden, beweist, wie man damals auch der radikalsten Negation geneigt war. Nun liess sich das negative Resultat in den Systemen von Parmenides und Plato nach zwei Seiten hin weiterführen; man konnte

Gymnasium und Realschule I. Ordnung

zu

Bielefeld.

Jahres-Bericht

über

das Schuljahr 1879—1880.

Inhalt:

1. Die Begründung der Skepsis des Aenesidemus durch die zehn Tropen. Vom Gymnasiallehrer Dr. Karl Goebel.
2. Schulnachrichten. Vom Direktor.

1880. Programm-No. 293.

Bielefeld, 1880.
Druck von Velhagen & Klasing.

das Leugnen jeder Veränderung und Bewegung in einer eingehenden und das gesamte Gebiet der sinnlichen Wahrnehmung umfassenden Untersuchung begründen, oder die Negation konnte sich auch auf die Erkenntniskraft des Denkens erstrecken. Letzteren Weg beschritten die Megariker. Mit dem Satze, dass synthetische Urteile nicht möglich seien, ist jede, auch die rein geistige Erkenntnis abgeschnitten. Allein wenn dieser Satz auch das Ende ihrer Philosophie war, so war er doch nicht ihr Ziel. Im Verlauf ihrer Untersuchung über das Seiende und Nichtseiende gelangten sie zu demselben und kamen nicht darüber hinaus. Die positiven Ergebnisse ihrer Forschung, dass die Tugend eine Einheit sei, dass nur die Begriffe allgemeingiltig und darum real seien, heben ihre Lehre deutlich vom radikalen Skepticismus ab.

Zur Vertiefung und Ausdehnung des Angriffs auf die Sinne dagegen wirkte die mittlere Akademie. Freilich leugnet Arkesilas jede Erkenntnis absoluter Wahrheit. Aber soweit unsere Kunde von seiner Thätigkeit reicht, war der Kern seiner Polemik die sinnliche Wahrnehmung, der vor kurzem durch Zeno übertriebener Wert zugesprochen war, und er trat hierin nur als der Verteidiger platonischer Lehre mit aller Schärfe auf und wies die Schwäche der Sinne überzeugend nach. Ungefähr um dieselbe Zeit hob Pyrrho von Elis jede Beziehung des menschlichen Denkens auf die Aussenwelt auf mit seiner Lehre, dass der Mensch sich nur seiner Gemütsstimmungen bewusst werde und ein Begreifen der Aussendinge ihm versagt sei. Seine Anhänger hielten es für sehr dringlich, eine feste Scheidewand zwischen sich und der Akademie zu ziehen, und manche Neuere haben ihre Versuche fortgesetzt, vergl. E. Saisset: le Scepticisme, Paris 1864, p. 70—74. Die Akademie soll dogmatisch in der Negation gewesen sein, während Pyrrho es dahinstelle, ob etwas erkennbar sei oder nicht. Mit Recht stützt sich dagegen Zeller in seiner Philosophie der Griechen wiederholt auf den ausdrücklich überlieferten Satz des Arkesilas, wir könnten nicht einmal die Unmöglichkeit jeglichen Wissens erkennen. Ist indessen auch das Resultat in beiden Schulen das gleiche, so nimmt es doch im Gesamtsysteme einer jeden von ihnen unverkennbar eine verschiedene Stellung ein. Dem Arkesilas lag es fern, die völlige Unerkennbarkeit der Dinge als ein neues, eigenes System zu behaupten; wie hätte er sich sonst Akademiker, Nachfolger Platos nennen dürfen? Darin scheinen Metrodor aus Stratonicea und Philo von Larissa völlig Recht zu haben, dass der Skepticismus der neueren Akademie nur entstanden sei im Kampfe gegen die stoische Lehre von der begrifflichen Vorstellung. cf. Augustin. c. Acad. III 18. 41. Nicht bloss zufällig fehlt uns jede Nachricht darüber, dass Arkesilas oder Karneades die Ethik auf ihre Erkenntnislehre gestützt hätten. Letzterer scheiterte gerade an dem Versuch, einen Übergang von der Unmöglichkeit sicheren Wissens zu einer Verantwortlichkeit im Handlen zu gewinnen. Dem Pyrrho dagegen ist der Skepticismus Selbstzweck und nötige Grundlage zu seiner Ethik. Bekanntlich hat des letzteren Lehre wenig Verbreitung gefunden. Ihre kräftigste Waffe konnten sie im Kampfe noch nicht verwenden, denn diese war noch unbestrittener Besitz der ihres Gründers wegen weit angeseheneren Akademie. So lange diese blüht, bleibt die Pyrrhonische Skepsis im Hintergrund, und aus der oberflächlichen Art, mit der Cicero Acad. 2. 130 Pyrrho erwähnt, dürfen wir wohl schliessen, dass für das römische Publikum zu Ende der Republik die Akademie die alleinige Vertreterin der Skepsis war. Aber mit der Annäherung des Antiochus von Askalon an die Stoa und der Begründung des Eklekticismus ist es mit der Lebenskraft der Akademie vorbei. Darum tritt der erneuerte Pyrrhonismus an ihre Stelle, und schon eine Generation nach dem Zerfall der Akademie tritt der Philosoph auf, der zuerst den radikalen Skepticismus wissenschaftlich zu begründen unternimmt, Aenesidemus von Gnossus.

In diesem Manne und seiner Schule, welche die gestürzte Akademie ersetzt, erreicht die skeptische Richtung in der griechischen Philosophie die reifste Ausbildung. Eine Lehre, welche die gewohnten Anschauungen der Masse erbarmungslos umstösst, findet nicht leicht Anhang. Um trotzdem eine weite Verbreitung anzubahnen, erwies es sich zweckmässig, diejenigen Stützpunkte des Systems, welche aus der immerwährenden Täuschung der Sinne gewonnen wurden, und dem Gedankenkreise des grossen Publikums nahe lagen, auszusondern und leicht fasslich zusammenzustellen. Offenbar zu diesem Zwecke wurden die zehn Tropen verfasst, welche alles, was sich gegen die sinnliche Wahrnehmung vorbringen liess, enthalten sollten. Diese zuerst von Aenesidem aufgestellten Rechtsgründe des Zweifels, welche zur Enthaltung von jeglichem Urteile zwingen, τρόποι τῆς ἐποχῆς, auch τόποι oder λόγοι genannt, waren nach dem Zeugnis des Aristokles bei Eus. praep. ev. XIV. 18. 11 in der ὑποτύπωσις εἰς τὰ Πυρρώνεια niedergelegt. Es gab aber bei den Skeptikern noch andere Cyklen von Tropen: z. B. stellten Agrippa und seine Schule fünf Tropen auf, die sich mit dem Begriffe der Ursache, mit der Möglichkeit des Erkennens überhaupt beschäftigten. Zwar sollten alle diese Fassungen die wichtigsten Gründe des Zweifels kurz und übersichtlich geben, doch heissen jene zehn des Aenesidem vorzugsweise „Tropen zur Begründung des Zweifels", τρόποι δι' ὧν ἡ ἐποχὴ συνάγεσθαι δοκεῖ (Sext. Emp. Pyrrh. hyp. 1. 30).

Diese Tropen sind uns bei Laertius Diogenes IX. 79—88 und bei Sextus dem Empiriker Pyrrh. Hyp. 1, 40—163 erhalten. Doch führen beide Quellen sie nur als die Tropen des Skeptikers an, ohne bei der Aufzählung Aenesidems als des Verfassers zu erwähnen. Doch lässt sich seine Urheberschaft unschwer erweisen. Jünger als er können sie nicht sein, weil schon seine Nachfolger, Agrippa und seine Schule, den Inhalt derselben in ihren fünf Tropen zweckmässiger verwerteten. Vor Aenesidem können sie auch nicht gut geschaffen sein; es wäre sonst schwer erklärlich, dass Cicero in den Academica von einem so handlichen Rüstzeuge keine Notiz nähme*).

Zu dem allen sagt an einer Stelle Sextus ausdrücklich, dass er τοὺς παρὰ τῷ Αἰνησιδήμῳ δέκα τρόπους besprochen habe, womit allerdings nicht absolut sicher bewiesen ist, dass er die zehn Tropen im ersten Buch der Hypotyposen gemeint habe. Und so viel ich weiss, hat kein Forscher das Autorrecht Aenesidems angezweifelt. Immerhin bleibt es auffallend, dass weder Laertius noch Sextus die Tropen ihm direkt zuschreiben, und dass Aristokles der a. a. O. 18. 11, eine kurze Übersicht von ihnen giebt, nur neun kennt. Doch finden wir vielleicht dafür noch eine Erklärung. Die Darstellungen des Laertius und Sextus unterscheiden sich dem Inhalte nach nicht wesentlich von einander; dagegen ist die Beweisführung bei Laertius ungemein knapp, ja oft ohne die Unterstützung des anderen Berichtes schwer verständlich, der hingegen oft nur allzu weitschweifig ist. Auch die Anordnung ist bei beiden nicht ganz dieselbe.

Folgen wir zunächst der ausführlicheren und klareren Fassung des Sextus.

Der erste Tropus gründet sich darauf, dass die Vorstellungen von der Aussenwelt nicht unmittelbar und rein in unser Bewusstsein gelangen, sondern durch die Vermittelung der Sinne; dass aber die Eindrücke, welche die Sinne uns zuführen, durchaus abhängen von der physischen Gestaltung des Sinnesorgans. Dieser Satz macht einen doppelten Beweis nötig: einmal muss gezeigt werden, dass wirklich in der physischen Beschaffenheit der Organe ein Unterschied bestehe zwischen den wahrnehmenden Wesen; sodann, dass die Wahrnehmung von dem jeweiligen Zustande des Organs auch wirklich beeinflusst werde. Sextus macht sich beide Beweise ziemlich leicht. Die Sinnesorgane aller lebenden Wesen müssen darum erhebliche Verschiedenheiten zeigen, weil der Ursprung, also auch die leibliche Beschaffenheit derselben ungemein mannigfaltig ist. Der Mensch und viele Tiere werden von einem lebenden Wesen geboren, die Vögel dagegen entstehen aus Eiern (§ 42). Andere Angaben erlangen nur durch die unvollkommene antike Naturanschauung Beweiskraft. Es versteht sich, dass das Produkt des Schlammes, der Frosch, anders wahrnimmt als das des Weines, eine Ameisenart. Wir, die wir über die Entstehung der Insekten bessere Kenntnis haben, können diese Mannigfaltigkeit etwas vereinfachen. Allein auch so ist zwischen dem Organismus des Menschen und dem der Infusorien ein unendlicher Abstand. Aber dass die Tiere nun darum auch in der That von denselben Dingen andere Vorstellungen bekommen, ist

---

*) Freilich ist uns das 1. Buch derselben, in welchem hauptsächlich die Kraft der sinnlichen Wahrnehmung erörtert wurde (Ac. II. 25. 79), verloren; aber im 2. Buche nehmen die Sinne im Vortrage des Lucullus wie in dem Ciceros einen solchen Raum ein, dass irgend eine Beziehung auf eine so prägnante Fassung aller Einwürfe gegen dieselbe nicht hätte ausbleiben können.

eiue unbewiesene Behauptung. Der Skeptiker behilft sich mit einem εἰκός (43); dies zeigt aber nur, dass ihm eine ausreichende Begründung fehlt. Einen direkten Beweis kann es freilich nicht geben; denn wir können uns nicht in die Seele eines anderen Wesens hineinversetzen und beobachten, welche Vorstellungen es hat. Dafür werden uns einige Analogieen geboten: wenn schon Menschen bei der geringsten Störung oder Veränderung im Auge anders sehen als gewöhnlich, sollten Tiere, deren Augen von Natur anders geformt sind, dasselbe wahrnehmen wie der Mensch? Dem etwas gepressten Auge erscheint die Aussenwelt völlig verändert; darnach ist zú ermessen, wie sie dem Tiere erscheinen muss, dessen Augen viel mehr geschlitzt sind als die menschlichen (47). Wie Hohlspiegel andere Bilder zurückwerfen als ebene, so müssen auch hohlgeformte Augen anders wahrnehmen als grade (48). Ähnlich wird das Gehör beeinflusst (50), der Geruch (51), der Geschmack (52). Alle diese Angaben, die an sich berechtigt sind, aber zum gewünschten Schluss nicht ausreichen, werden in einem Vergleich der seelischen Wahrnehmungen mit körperlichen Stoffen zusammengefasst. Derselbe Stoff nämlich verwandelt sich, je nach der Stelle, zu der er dringt, in Blut oder in Fleisch oder in Knochen oder in Muskeln; in Laub oder in Holz, oder in Früchte; derselbe Atem gibt auf demselben Instrument hohe und tiefe Töne. Also werden auch die Aussendinge verschieden betrachtet werden gemäss der verschiedenen Organisation der die Vorstellungen aufnehmenden lebenden Wesen (οὕτως. εἰκός*) καὶ τὰ ἐκτὸς ὑποκείμενα διάφορα θεωρεῖσθαι παρὰ τὴν διάφορον κατασκευὴν τῶν τὰς φαντασίας ὑπομενόντων ζώων (54).

Es gibt aber auch einen direkteren Beweis für die verschiedene Wahrnehmung unter den lebenden Wesen. Es wird weitläufig an vielen Beispielen gezeigt, dass derselbe Stoff dem Menschen Nutzen und Vergnügen gewähre, der Tieren zuwider sei; ein und dasselbe Ding wird von dem einen Tiere begehrt, von dem anderen sorgfältig gemieden; derselbe Geruch bereitet dem einen Tiere Genuss, dem anderen unerträgliche Qual; und das kann doch — so schliesst Sextus stillschweigend — nur daher rühren, dass derselbe Gegenstand verschiedene Vorstellungen erwecke (55—58).

Dieser Beweis ist durchaus missglückt; er beruht auf einer in unsern Augen groben Verwechslung des Vermögens der Seele, Lust und Unlust zu empfinden, mit dem Erkenntnisvermögen. Denn, wenn ein Geschmack oder Geruch dem einen behagt, dem andern nicht, so ist dies nicht notwendig Folge einer verschiedenen Wahrnehmung. Derselbe Gegenstand schmeckt z. B. zweien Wesen ganz gleich bitter; aber dem einen ist in Folge von Gewöhnung oder individueller Disposition derselbe Geschmack angenehm, dem andern aus ähnlichen Gründen zuwider. Die sogenannte Verschiedenheit des Geschmacks rührt meistens nicht daher, dass derselbe Stoff eine andere Geschmacksempfindung hervorruft, sondern hat darin ihren Grund, dass dieselbe Empfindung bald mehr, bald weniger angenehm berührt. Soweit ist die Naturwissenschaft fortgeschritten, um Geschmack und Geruch auf eine Berührung ganz kleiner auflösbarer Teile des Gegenstandes mit fein organisierten Teilen unseres Körpers zurückführen zu können. Uns liegt die Versuchung, die objektive Wahrnehmung mit dem subjektiven Lustgefühl zu verwechseln, nicht mehr so nahe wie den Alten. Die Redensart „das schmeckt bitter" soll noch keine Eigenschaft des Dinges

---

*) Wieder das εἰκός, statt eines Grundes, denn das tertium comparationis fehlt in dieser Analogie. Die Ergänzung kann aber nur die sein: Wie derselbe Stoff in dem einen Organismus wesentlich anderes erzeugt als in andern, so rufen dieselben Bilder von Gegenständen (εἴδωλα) in verschiedenen Organismen verschiedene Vorstellungen hervor. Es wird also das, was von den Gegenständen der Seele zukommt, körperlichen Stoffen unterschiedslos zur Seite gestellt. Wir werden uns hierüber nicht zu sehr wundern, wenn wir daran denken, dass nach Demokrits und Epikurs Lehre unsere Wahrnehmungen von körperlichen Bildern (τύποι, mit denen die εἴδωλα des Skeptikers hier fast identisch sind) erzeugt werden, die sich in unendlicher Feinheit von den Gegenständen fortwährend ablösen. Aber auch von dieser uns fremdartigen Auffassung abgesehen hinkt der Vergleich immer noch. In den Beispielen tritt die Veränderung in den verschiedenen Gliedern desselben Organismus ein, während bewiesen werden soll, dass dieselben Bilder verschiedene Wahrnehmungen in verschiedenen ganzen Organismen erzeugen. Indes lässt sich ja dieselbe Analogie leicht anders formulieren: dasselbe Wasser erzeugt in der Eiche ganz anderes als im Kornhalm oder im tierischen Körper; dieselbe Nahrung setzt sich beim Hund in ganz andere Teile um als beim Menschen.

aussagen; erst wenn wir wissen, dass viele Menschen die gleiche Geschmacksempfindung haben, sagen wir mit Bewusstsein „das ist bitter“, d. h. für den Menschen, ohne darum von einer Eigenschaft des Dinges sprechen oder die Möglichkeit ausschliessen zu wollen, dass es einem Tiere eine andere Geschmacksempfindung verursache.

Diese Verschiedenheit in der Wahrnehmung der belebten Wesen, fährt Sextus fort, würde der Möglichkeit einer Erkenntnis keinen Abbruch thun, wenn man einen Massstab hätte, welchem Wesen dem Gegenstande genau entsprechende Wahrnehmungen zukommen. Allein dieses können wir niemals beurteilen, weil wir nicht unparteiische Richter in diesem Zwiespalt sind, sondern selbst mit anderen im Streit liegen und selbst eines Richters bedürfen (μέρος καὶ αὐτοὶ τῆς διαφωνίας ὄντες, 59).

Ferner ist auch ein Beweis für die Giltigkeit unserer Vorstellungen gegenüber denen der Tiere nicht möglich. Und zwar verschmäht Sextus hier jene Formel, die als Universalmittel gegen jeden Nachweis gebraucht wird, dass nämlich jeder Beweis eines Kriteriums für seine Richtigkeit bedürfe und dieses wieder eines Beweises und so fort. Er versucht diesmal einen anderen Weg: der Beweis scheint uns, oder — er scheint uns nicht (φαινομένη ἡμῖν ἔσται ἢ οὐ φαινομένη 60) natürlich müssen wir ergänzen „richtig zu sein“. Da es sich nun darum handelt, ob das uns Scheinende richtig sei (περὶ τῶν φαινομένων ζητεῖται, εἴ ἐστιν ἀληθής ἡ ἀπόδειξις καθό ἐστι φαινομένη, ibid.), so würde alles auf den Zirkelschluss hinauslaufen: Das uns Scheinende ist richtig, weil es uns scheint*). Es genügt dem Skeptiker nicht, mit wissenschaftlichen Beweisen den Gegner zu erdrücken; er will auch den unbefangenen gesunden Menschenverstand, dem philosophische Haarspalterei fern liegt, überzeugen. Derselbe könnte sich der Schwierigkeit einfach damit entheben: die unvernünftigen Tiere kümmerten ihn ja nicht, für ihn seien nur die Wahrnehmungen der Menschen giltig. Dieser Einwand wäre freilich ganz unwissenschaftlich, denn es ist vorher gezeigt, dass diese Allgemeingiltigkeit gar nicht erwiesen werden kann, und dazu weist noch der folgende Tropus unter den Menschen selbst die grössten Widersprüche nach. Indessen will Sextus einmal alles dies bei Seite lassen (62) und „zum Überfluss“ — denn für die Wissenschaft ist es ja nicht nötig — daran erinnern, dass der Mensch gar nicht so hoch über den Tieren stehe, um sie in den Fragen über die Erkenntnis einfach zu ignorieren. So hält er eine Lobrede auf die hohe Begabung des Hundes, eines der untergeordnetsten Wesen, dessen Sinne aber doch unbedingt schärfer als die menschlichen seien, und dessen Seelenvermögen wenigstens Spuren aller Arten von geistiger Thätigkeit aufweise (63—77).

Indessen auch ohne diesen unnötigen Exkurs ist das Resultat des ersten Tropus gesichert: wir wissen wohl, wie eine Sache uns erscheint, aber nicht wie sie ist; einem anderen Wesen erscheinen sie anders als uns, und wir haben kein Kriterium, um zu erkennen, welche Vorstellung dem Wesen des Dinges entspreche. Also müssen wir unser Urteil über das Wesen der Dinge zurückhalten.

Der zweite Tropus schliesst sich eng an den ersten an: Gesetzt auch, dass bloss die Vorstellungen der Menschen beachtenswert wären, — deren Haltlosigkeit eben dargethan ist —, so ist immer noch keine Grundlage für die Erkenntnis gewonnen. Denn die Ansichten der Menschen selbst weichen weit von einander ab; das rührt von der Verschiedenheit ihres Körpers und dessen eigentümlicher Zusammensetzung her. Die Verschiedenheit des Körpers bedingt Verschiedenheit der Vorstellungen, wie uns der erste Tropus gezeigt hat. Der eine friert bei Hitze, und in der Kühle ist es ihm zu heiss, dieselben Kräuter wirken auf den einen sehr heftig, auf den anderen gar nicht (82—84). Dieser Beweisgrund trifft nicht völlig zu. Wir beurteilen die Wärme nicht nach unserem Gefühle, sondern nach Wärmemessern; und

---

*) Sextus bemerkt nicht, dass er dabei den groben Fehler begeht, dasselbe Wort φαίνεσθαι unterschiedslos bald in der Bedeutung von δοκεῖ ==, mir scheint, es dünkt mir, bald in der wesentlich verschiedenen: „das erscheint mir, ich nehme wahr,“ gebraucht. Indessen am Resultat ändert der Fehler nichts; die nie fehlende Waffe gegen jeden Beweis bleibt ja immer noch übrig.

wenn einzelne Menschen ein Gift vertragen können, so wird darum der Stoff doch mit Recht Gift genannt, weil er bei den meisten Menschen bestimmt nachzuweisende schädliche Veränderungen des Organismus bewirkt. Wir begnügen uns nicht, Wirkungen eines Stoffes oberflächlich zu beobachten und zu registrieren, sondern suchen die Wirkungen aus seinen Bestandteilen zu erklären. Gelingt dies nicht immer, so verzweifeln wir darum noch nicht an der Erkenntniskraft überhaupt, sondern gestehen ein, dass zur Zeit noch die Mittel zum Vordringen fehlen.

Damit hängt zusammen ein erheblicher Unterschied in der geistigen Anlage; dieser zeigt sich darin, was schon die alten Dichter Pindar und Euripides anerkannt haben, dass die Wünsche und Bestrebungen einiger Menschen denen anderer oft völlig entgegengesetzt sind (85—86). Diese Verschiedenheit der Neigungen und des Abscheus, der Gefühle von Lust und Unlust leitet Sextus, und das ist die Grundlage des ganzen zweiten Tropus, davon ab, dass dieselbe Sache bei den Menschen entgegengesetzte Vorstellungen hervorrufe. „Die Lust und Unlust beruht in der Wahrnehmung und Vorstellung, wenn dasselbe von dem einen gewünscht, von dem andern gemieden wird" (87).

Hier stossen wir auf dieselbe Verwechslung der Lust- und Unlustempfindung, von Neigung und Abneigung mit dem Denkvermögen, die uns schon vorhin entgegentrat, hier aber den ganzen Tropus zerstört. Wenn sich der eine an kriegerischen Thaten, der andere an einem reichen Hausstande erfreut, wenn die Neigungen der Menschen sichtlich weit auseinandergehen, so kann dies in vielen Fällen von verschiedener Beurteilung derselben Dinge herrühren. Dieser Ursprung muss aber nicht angenommen werden. Der bequeme, ruhige Bürger kann vom Nutzen der ritterlichen Übungen und kriegerischen Thaten dieselbe Ansicht haben wie ein für seinen Beruf begeisterter Kriegsmann, findet aber infolge seiner Erziehung oder aus Gewohnheit oder aus Gefallen an seinem behaglichen Dasein seine Lebensart angenehmer. Doch was bedarf es eines langen Nachweises jener Verwechslung für uns, denen eine schärfere Unterscheidung des Vermögens, Lust und Unlust zu empfinden, von dem zu urteilen seit langem sicherer Besitz geworden ist! Diese Errungenschaft, welche wir der Arbeit von Jahrhunderten zu danken haben, darf uns nicht verführen, den Skeptiker wegen seines Fehlers zu tadeln. Denn dieselbe Vermischung geht seit Plato durch das ganze Altertum hindurch. Er, der zuerst Teile der Seele erkannte, war von unserer Auffassung noch weit entfernt. Zwar unterschied auch er drei Teile derselben, und ihre Bezeichnung *ἐπιθυμητικόν, θυμοειδές, λογιστικόν* weicht von unserer nicht allzusehr ab. Aber in einer im Jahre 1875 erschienenen kleinen Schrift „Platonische Forschungen" hat Fritz Schultess den sicheren Nachweis geführt, dass Plato unter *λογιστικόν* ganz anderes als wir unter „Erkenntnisvermögen" versteht, und dass sein *ἐπιθυμητικόν* durchaus nicht unserem „Wollen" entspricht. Denn, wie Schultess a. a. O. p. 31—38 darlegt, umfasste jeder seiner Teile alle unsere Vermögen; die Lustempfindung, und die Begierde und die Intelligenz waren in jedem Teile vorhanden. Die Skeptiker standen also nur auf dem Boden der gesamten antiken Philosophie, wenn sie Gebiete nicht trennten, deren Grenzen damals überhaupt noch nicht gezogen waren.

Wie der zweite Tropus beweist, dass auch dann, wenn die Schwierigkeiten, welche der erste aufdeckte, überwunden seien, neue und grössere entständen, so will der dritte auch dann die Möglichkeit des Erkennens abschneiden, falls die Uneinigkeit der Menschen sich beseitigen lasse. Zugegeben, dass die Lehren eines Mannes oder einer Schule mustergiltig seien, so wäre für die Erkenntnis doch nichts gewonnen. Denn dieselben Menschen urteilen über denselben Gegenstand nicht immer das gleiche. Dies rührt daher, dass die Sinne uns durchaus nicht übereinstimmende Wahrnehmungen geben. Figuren auf Gemälden haben für das Auge körperliche Gestalt*), für den Tastsinn haben sie nur zwei Ausdehnungen, der Honig ist für die Zunge angenehm,

---

*) Dieses Beispiel ist nicht zutreffend; dem Auge erscheint ursprünglich nichts körperlich ausgedehnt, weil es nur die Ausdehnung in einer Ebene sehen kann. Nur weil der Sehende durch häufige Erfahrung weiss, dass die Figuren, die das Auge auf dem Bilde wahrnimmt, Wesen darstellen sollen, die in Wirklichkeit drei Ausdehnungen haben, lässt sich das Auge täuschen.

für das Auge unangenehm (92). Derselbe Stoff ist der Haut sehr nützlich und dem Innern des Leibes schädlich und umgekehrt (93)*). Der Nachweis für die Unzulänglichkeit der Sinne führt unseren Berichterstatter auf die wichtige Frage, ob unsere Sinne die Fähigkeit haben, die wirklichen Eigenschaften eines Dinges vollständig wahrzunehmen: dasselbe Objekt erscheint uns rund, süss und rot; jeder Sinn nimmt eine andere Eigenschaft wahr; denn jeder kann nur eine Eigenschaft erfassen. Es ist aber nicht ausgeschlossen, dass diese für uns verschiedenen Eigenschaften in Wahrheit nur eine seien. Anderseits kann nicht bewiesen werden, dass wir mit unseren fünf Sinnen die Eigenschaften eines Dinges erschöpfen. Ähnlich wie dem Taub- und Blindgeborenen Eigenschaften völlig entgehen, die wir wahrnehmen, bleibt sämtlichen Menschen alles das verborgen, wofür der Leib kein Organ hat. Die Ausrede, dass die Natur das Wahrnehmungsvermögen des Menschen den Dingen angepasst haben werde, beruht auf einer durch nichts gestützten Voraussetzung. Also, das ist das Resultat dieses Tropus, haben wir keine Bürgschaft, dass die Organe der Wahrnehmung den Dingen entsprechen.

Dieser Tropus zeigt uns einen fundamentalen Unterschied in der Methode des Forschens bei dem Skeptiker und bei uns. Jegliche Abweichung in der Wirksamkeit der Dinge ist ihm nur eine willkommene Veranlassung, die Untersuchung fallen zu lassen, während die neuere Naturwissenschaft in der Erklärung derselben ein lohnendes Feld ihrer Arbeit gefunden hat. Was er in einer meilenweiten Entfernung sieht, hat denselben Wert für die Erkenntnis, wie das, was er dicht vor Augen hat. Wir halten die Kraft des Auges nicht für grösser als er; aber wir wissen auch, dass sein Reich auf eine Ebene beschränkt ist und wir niemals zur selben Zeit alle Flächen eines Körpers in Augenschein nehmen. Wollen wir die Gestalt eines Körpers sicher erkennen, so treten andere Sinne, z. B. wenn möglich, der Tastsinn in Thätigkeit, und wir trauen dem Auge nur, wo es mit ihnen übereinstimmt. Der skeptische Beweis hat nur dann Kraft, wenn, wie der folgende Tropus zu zeigen unternimmt, jeder Sinn mit sich selbst nicht übereinstimmt. Aber ehe wir zu diesem übergehen, ist ein Gedanke einer näheren Betrachtung wert, dessen Tragweite alle Tropen überragt. Wenn das Auge Ausdehnung und Farbe wahrnimmt, der Tastsinn die Schwere, die Zunge den Geschmack, die Nase den Geruch, so wissen wir nicht, ob jeder Sinn eine besondere Eigenschaft des Objektes uns mitteilt, oder sich allen dieselbe Eigenschaft infolge ihrer verschiedenen Organe verschieden äussert. Wir müssen dem Skeptiker dankbar sein, dass er eine Frage aufgeworfen hat, die in ihrem Verlauf zu dem wichtigen Problem führen muss, das schon Aristoteles beschäftigt hatte, wie weit die Eigenschaften dem Wesen inhäriren. Wir haben in dieser Frage jetzt nicht Stellung zu nehmen, aber dem Skeptiker gegenüber zu betonen, dass eine Beantwortung dieser Frage für menschliche Forschung nicht nötig sei, die schon viel erreicht hätte, wenn entschieden wäre, ob unsere fünf Sinne fähig sind, alle Eigenschaften aufzufassen, ob nicht das Objekt Eigenschaften besitzt, zu deren Wahrnehmung wir gar kein Organ haben. Auf diese zweite Frage müssen wir mit dem Skeptiker nein antworten und uns damit jeder sicheren Erkenntnis einer Aussenwelt begeben. Es ist nur eine Voraussetzung, dass unsere Sinne den Aussendingen angepasst seien. Aber diese Voraussetzung haben wir durchaus nötig; jede noch so unbedeutende Handlung, der kleinste Schritt, jede Regung unseres Seelenlebens ist auf ihr gegründet. Sie ist auch so lange berechtigt, als nicht nachgewiesen ist, woher denn das Spiel der Sinne rühre, wer Vorstellungen einer ganzen Welt, die nicht existiert, in uns erwecke, und woher es komme, dass allen Menschen fast dieselben Wahrnehmungen und Vorstellungen zukommen. Gesetzt auch, was zu beweisen unmöglich ist, das, was als eine ausser uns existierende Welt erscheint, sei nur eine von der Seele allein erzeugte Vorstellung, und es gebe gar keine Welt ausser uns oder eine ganz andere, als wir zu sehen glauben, so wird faktisch weder für unser Leben noch für die wissenschaftliche Forschung etwas geändert. Wir würden nur der doch unlösbaren Streitfrage, ob unseren Vorstellungen Aussendinge entsprechen, überhoben sein, im übrigen aber in derselben Weise die bisherigen Arbeiten fortsetzen, welche darin bestehen, unsere Vorstellungen zu unter-

---

*) Hier ist objektive Wirkung auf den Körper mit subjektiver Wahrnehmung des Sinnes verwechselt.

suchen, um sie in uns selbst und bei den anderen Menschen in den erreichbar vollständigsten Einklang zu setzen. Vergl. hierüber die trefflichen Bemerkungen Lotzes in seiner Logik, § 303—307.

Der Skeptiker zieht die Kreise seines Angriffes immer enger. Wenn auch alle lebenden Wesen dieselben Vorstellungen von denselben Gegenständen hätten, wenn die Menschen in allen Dingen unter einander einig wären, wenn die Wahrnehmung des einen Sinnes von der des anderen niemals abwiche, so ist eine Erkenntnis doch noch immer nicht gesichert.

Denn nicht einmal dasselbe Organ gibt uns, so lehrt der vierte Tropus, von demselben Gegenstande zu jeder Zeit die nämlichen Vorstellungen, sondern, wenn wir krank oder traurig, oder erzürnt, oder hungrig sind, gewinnen wir aus Auge, Ohr, Gefühl und Geschmack andere Vorstellungen, als wenn wir fröhlich, gesund, satt sind (100—102, 105—106, 107—111). Was uns im Traum erscheint, halten wir wach für Trug; der Greis urteilt über dieselben Dinge anders, als derselbe Mensch in der Jugend, ja er nimmt auch anders wahr, denn seine Organe haben ihre Kraft während des langen Lebens verändert.

Wir können der Schwierigkeit nicht damit entschlüpfen, dass ja der Fieberkranke sich in einem abnormen Zustande befände, oder dass wir ja genau wüssten, dass wir wachen und die Traumgestalten nur Produkte unserer Einbildungskraft wären; dem Kranken scheint der Zustand des Gesunden unnatürlich, und wenn wir träumen, sind wir von der Realität der Bilder ebensosehr überzeugt wie von dem, was wir im wachen Zustande wahrnehmen (102—104). In diesem Wirrwarr der Vorstellungen fehlt uns jede Richtschnur. Denn es ist unmöglich nachzuweisen, dass irgend eine Vorstellung der Wahrheit näher stände als die andere. Dazu wäre ein Kriterium für die Richtigkeit des Beweises nötig, und für dieses wieder ein Beweis und so fort, und nun wird sehr weitläufig das Werkzeug dargelegt, mit dem man jedem Beweis die Wirkung abschneiden und sich der unbequemen Mühe einer sachlichen Widerlegung leicht entschlagen kann (114—117). Nur dann könnte man sich auf eine Vorstellung verlassen, wenn es einen Menschen gäbe, der sich in gar keinem Zustande befände. Das ist undenkbar. Jeder Mensch ist entweder gesund oder er ist krank, entweder schläft er oder er ist wach (112—113).

Gegen den Anspruch des Skeptikers, den fieberhaften Zustand, Schlafen und Wachen, Zorn und Gelassenheit als gleichberechtigt*) gelten zu lassen, können wir uns nicht wehren. Auch für uns bleibt bestehen, dass wir keine Garantieen haben, ob wir auch wirklich wachen (wissen wir doch manchmal bei vollem Bewusstsein nicht, ob wir etwas in Wirklichkeit erfahren oder nur geträumt haben), und glauben manchmal unbefangen zu urteilen, während wir in heftigen Affekten befangen sind. Aber unbeschadet der Richtigkeit dieses Satzes hat er für uns in dieser Form wenig Erschreckendes. Auf andere Beispiele gegründet, könnte er niederschlagender wirken. Oft sind wir von der Wahrheit einer Ansicht so vollkommen überzeugt, wie von dem elementarsten Satze der Mathematik und müssen uns nachher doch zu unserer Beschämung gestehen, dass wir geirrt haben. Wenn wir wirklich im Recht sind, erscheint uns die Wahrheit nicht wahrer als vorher der Irrtum. Und doch wäre der Besitz eines untrüglichen Kennzeichens, das uns Wahrheit von Täuschung unterscheiden lehre, nicht wünschenswert; denn dann wäre ein Irrtum nicht mehr möglich; ohne diese Möglichkeit ist aber eine Forschung nicht mehr denkbar, und das köstlichste Gut des Menschen, Wahrheit von Irrtum unterscheiden zu lernen, wäre ihm entrissen.

Fahren wir jedoch in der Betrachtung der Tropen fort. Die bisher vorgetragenen Schwierigkeiten für die Erkenntnis beruhen in Mängeln, welche dem erkennenden Subjekt an-

---

*) Indes lässt sich doch noch ein Unterschied im Wert der Vorstellungen, die wir im Traum und derjenigen, die wir wachend haben, feststellen. Unser Traumleben besteht vorzugsweise in scheinbarer Thätigkeit der Sinne, Sehen, Hören und in Empfindung, Schmerz, Freude, Zorn, Entrüstung, Verlegenheit; sehr selten überlegen wir, und fast immer fehlt eine Kritik unserer Vorstellungen, die sonst unerlässliche Bedingung jedes Denkens. Die Vorstellungen des Wachenden haben also wenigstens den Vorzug, dass sie durch das Denken gezügelt und gereinigt werden. Aus ähnlichen Gründen lässt sich auch den Urteilen des Gelassenen gegenüber dem vom Affekt Ergriffenen ein höherer Wert beimessen.

haften. Die von den folgenden Tropen gebrachten Einwände gehen hervor aus der Veränderlichkeit der Beziehungen des Erkennenden zu dem Gegenstande.

Während nach der Terminologie des Sextus die ersten vier Tropen $\dot{\alpha}\pi\dot{o}$ $\tauο\tilde{υ}$ $κ\varrhoίνοντος$ abgeleitet sind (§ 38), ist der fünfte und sechste $\dot{ε}\xi$ $\dot{α}μφο\tilde{ι}ν$ genommen. Die Verbindung des vierten Tropus mit dem fünften ist leicht herzustellen: wenn auch ein Zustand oder Affekt, in dem der Mensch sich befinden kann, für die Erkenntnis giltig wäre, so lassen die Dinge doch noch keine Erkenntnis zu; denn zunächst bewirkt ihre verschiedene örtliche Lage verschiedene Vorstellungen. Dieselben Gegenstände erscheinen uns gross oder klein, rund oder eckig, glatt oder rauh, je nachdem wir sie in der Nähe oder in der Ferne betrachten. Das Ruder sieht, wenn es teils im Wasser, teils in der Luft ist, krumm aus, in der Luft allein gerade (119), der Hals der Taube zeigt sich je nach seiner Lage bald bunt, bald einfarbig (120). Da wir aber alle Dinge in irgend einer Entfernung oder irgend einer Lage wahrnehmen, so wissen wir nicht, welche Vorstellung dem Gegenstand an sich entspreche (121). Dass wir keiner Wahrnehmung einen Vorzug vor der andern geben können, wird ähnlich wie im vorhergehenden Tropus dargelegt (122—123).

Hiergegen haben wir dem Skeptiker einzuwenden, dass er nur bewiesen hat, was auch der hartnäckigste Dogmatiker nicht bestreitet, dass das Auge trügerisch sei, und mit ihm allein keine Erkenntnis erreicht werden könne. Allein, wenn ein Sinn erlahmt, treten stärkere an seine Stelle, wie schon p. 9 angedeutet wurde. Die Wissenschaft begnügt sich nicht, einen Körper zu sehen, sondern prüft ihn mit dem Tastsinn oder dem Gehör, und durch Zerlegung in die kleinsten Teile oder mit der genauesten Messung und Berechnung werden seine Gestalt und Beschaffenheit festgestellt. Es werden hier von dem Skeptiker Schwierigkeiten genannt, die für uns längst beseitigt sind. Ist es eine Schwäche unserer Erkenntnis, wenn wir wissen, warum der Stab im Wasser dem Auge gekrümmt erscheinen muss? dass die Ursache dieser Erscheinung nicht im Auge, sondern in der Natur des Lichtes liegt? Was kümmert uns, dass der Hals der Taube in Ruhe anders schillert wie in Bewegung? Wir untersuchen, welche Farben jede einzelne Feder hat und werden einsehen können, warum sie in verschiedener Zusammenstellung und Bewegung verschiedene Farbe annehmen müssen. Freilich haben auch derartig sorgfältige Untersuchungen von vornherein ihre Mängel, wie wir beim dritten und vierten Tropus zugestehen mussten; aber der fünfte vermag eine neue Waffe gegen die Wissenschaft nicht zu schmieden.

Der sechste Tropus ist nur eine Fortsetzung und Erweiterung des fünften. Ein Gegenstand zeigt sich uns nicht nur immer in einer bestimmten Entfernung oder Lage; er erscheint auch niemals allein für sich, sondern immer zugleich mit anderen, deren Mitwirkung unsere Wahrnehmungen wesentlich verändert. Jeder Körper ist z. B. im Wasser leichter als in der Luft (125); aber auch die natürliche Zusammensetzung unserer Organe ist veränderlich und darum sind es auch die Eindrücke, welche der Seele durch sie gebracht werden.

Die Thätigkeit des Auges, des Ohres, der Nase, der Zunge ist gebunden an eine Flüssigkeit, die sich leicht verändern und in jedem Augenblicke von demselben Dinge andere Eindrücke geben kann. Es ist dieselbe Schwierigkeit, die schon im ersten Tropus erörtert war. Sogar zur Arbeit des Gehirns sind Säfte nötig, die, nur im geringsten afficiert, im Denken Veränderungen hervorrufen. Einerseits also geben uns dieselben Dinge verschiedene Eindrücke; dann werden diese Eindrücke, die schon dem Wesen des Dinges nicht zu entsprechen brauchen, durch die jeweilige Beschaffenheit des Organs umgestaltet; und was dann die Seele zu erkennen glaubt, trägt vielleicht vom Wesen des Objekts gar nichts mehr an sich.

Der sechste Tropus leidet an derselben Verkennung der Mittel, die uns zur Prüfung der Dinge gegeben sind wie der fünfte. Wenn uns der Stein im Wasser leichter erscheint als in der Luft, so liegt dies nicht in einer Mangelhaftigkeit unserer Sinne, sondern in einer notwendigen Wirkung der Dinge; ebenso kennen wir die ausserhalb der Sinne liegende Ursache, warum unsere Hautfarbe eine andere ist in heisser Luft, eine andere in kalter (125), und wenn uns manches der Art noch dunkel ist, so dürfen wir doch hoffen, noch einmal zu einer Erklärung zu gelangen.

Noch unbedeutender ist die andere Seite des Tropus: Der behauptete Einfluss von Säften auf die Gestaltung unserer Wahrnehmung ist nicht bewiesen, wäre er es aber auch, so hätte er nicht viel Neues gesagt. Schon im ersten Tropus war auseinandergesetzt, dass von der Gestaltung des Organs die Wahrnehmung bedingt wird, und mit dem Zugeständnis, welches wir damals machten, es gebe keine Garantie dafür, dass die Wahrnehmungen den Dingen genau entsprächen, reichen wir auch hier aus.

Nachdem die Wandelbarkeit des erkennenden Subjektes und der Vorstellungen, die vom Objekt uns zukommen, gezeigt ist, erörtert der siebente Tropus, wie auch die Eigenschaften des Objektes sich nicht gleich bleiben, sondern in das Gegenteil umschlagen können, je nachdem eine grössere oder geringere Menge desselben wirkt. Ein einzelnes Sandkorn fühlt sich hart und eckig an (130), ein Sandhaufe ist weich, ein dünnes Scheibchen Silber hat eine andere Farbe als ein dickes Stück (129); die Gewürze, der Wein, die Arzneien und Gifte bringen in geringen Mengen eine heilsame Wirkung hervor, in zu grossen Portionen sind sie verderblich. Niemals also lässt sich feststellen, welche Eigenschaften ein Ding wirklich hat, da es immer in irgend einer Quantität angetroffen werden muss*).

Gegen den siebenten Tropus haben wir das Gleiche zu bemerken wie gegen den sechsten. Die Folgerung, dass wir darum, weil jeder Körper immer in einer gewissen Menge da sei, die wahren Eigenschaften nicht entdecken könnten, ist voreilig. Wenn wir wissen, und dies ist in vielen Fragen erreicht — in anderen kann es erreicht werden — warum derselbe Körper uns anders erscheint, warum er anders wirkt, und im voraus bestimmen können, wie er in anderer Menge wirken müsse; wenn wir ihn in seine Teile zerlegen und danach seine Eigenschaften und seine Kräfte bestimmen können, und erfahren, dass die Farbe aller Körper eine andere bei grösserer, eine andere bei geringerer Quantität sei, und auch dafür Gründe finden, so ist die neue Schwierigkeit gehoben. Wieder treffen wir den Skeptiker auf der falschen, wenigstens für uns nicht mehr zutreffenden Voraussetzung, dass die Beobachtung einzelner Thatsachen die einzige Quelle der Erkenntnis sei, und der Mensch sich mit oberflächlicher Betrachtung begnügen müsse; während jeder besonnene Forscher erst nach Erschöpfung aller verfügbaren Mittel sich zu einem Urteil berechtigt glaubt.

Den bisherigen Tropen war bei verschiedener Grundlage doch der Gesichtspunkt gemeinsam, dass die Dinge nicht so wie sie an sich sind von uns wahrgenommen werden, sondern nur unter gewissen Umständen und Beziehungen, die teils in dem Erkennenden, teils in diesem und dem Erkannten zugleich obwalten; und dass letztere sich stets ändern und mit ihnen auch unsere Wahrnehmungen. Dieser Satz, der sich durch alle sieben Tropen hindurchzieht, wird im achten selbständig behandelt und verallgemeinert. Nichts kann allein für sich Gegenstand unserer Wahrnehmung werden; denn für uns existiert nichts für sich allein, sondern nur in Beziehung oder im Gegensatz zu etwas anderem. Am deutlichsten machen dies die sogenannten relativen Begriffe: Nichts ist an sich rechts oder links; es giebt keinen Vater ohne Kind; aber nicht nur diese, sondern alle Gebiete der Wahrnehmung und der Begriffe geben Beispiele an die Hand: Keine Farbe ist an sich eine Farbe, sondern nur dadurch, dass es andere Farben giebt; es gäbe nicht den Begriff der Festigkeit ohne den der Flüssigkeit u. s. w. Ja es giebt überhaupt nichts Wahrgenommenes ohne den Wahrnehmenden, nichts Bewiesenes ohne das Beweisende (136), nichts Klares ohne das Dunkle, also auch nichts Richtiges ohne das Falsche. Mit der beliebten Methode des zwingenden „entweder — oder" verschafft sich der Skeptiker noch einen bequemen allgemeinen Beweis dafür, dass es nichts Absolutes gebe, sondern dass alles $\pi\varrho\acute{o}\varsigma$ $\tau\iota$ sei: Wenn

---

*) Sextus nennt diesen Tropus $\grave{\alpha}\pi\grave{o}$ $\tau o\tilde{v}$ $\varkappa\varrho\iota\nu o\mu\acute{e}\nu o\upsilon$. Das ist ungenau. Er wird doch nicht behaupten wollen, dass dasselbe Ding in grösserer Menge eine andere Eigenschaft habe, als in geringerer. Nur die Art, wie es dem Menschen erscheint, oder wie es auf ihn wirkt, ändert sich. Der Wein hat dieselbe Eigenschaft in einem Zentiliter wie in einem Hektoliter, nur nicht dieselbe Wirkung. Das Silber ist ganz derselbe Stoff in einem dünnen Blättchen wie in einem Klumpen, nur gibt die Masse grösseren Glanz. Also wäre dieser Tropus auch denen $\dot{\epsilon}\xi$ $\dot{\alpha}\mu\varphi o\tilde{\iota}\nu$ zuzuweisen.

das Absolute sich nicht **vom Relativen unterscheidet, so ist es eben relativ; unterscheidet es sich,
so ist es auch relativ; denn alles Unterschiedene steht wenigstens in einer Beziehung zu dem,**
von welchem es verschieden ist (137). So wird die tiefgreifende Frage mit einer oberflächlichen
Formel abgethan.

Diesen Ausführungen des Skeptikers müssen wir uns fügen. Wir besitzen keine für sich
existierende Intelligenz, die, von allem losgelöst, in die Aussendinge eindringen könnte; sondern,
wenn wir die Dinge untersuchen, so beziehen wir das, was wir wahrnehmen, unwillkürlich auf
uns, auf Formen unseres Denkens, auf Gewohnheiten unserer Seelenthätigkeit. Alle unsere
Resultate sind nicht absolut giltig, sondern sind nur Erkenntnis für uns. Allein gerade die über-
triebene Allgemeinheit, welche der Skeptiker seinem Satze gibt, stumpft dessen gefährlichste
Spitze erheblich ab. Ist denn eine Erkenntnis, die in absoluter Höhe über uns und den Dingen
schwebt und doch uns zu teil wird, denkbar? ja ist ein Wesen denkbar, mag es auch noch so
vollkommen sein, dessen Erkenntnis nicht auch relativ wäre? Erkennen heisst: zu unter
einander übereinstimmenden und dem Gegenstande genau entsprechenden Vorstellungen gelangen.
Der Skeptiker scheint für eine vollkommene Erkenntnis zu verlangen, wir müssten die Dinge
selbst in uns aufnehmen, d. h. selbst die Dinge werden. Aber die Dinge sein heisst nicht mehr
sie erkennen (vergl. Lotze, Logik § 308 extr. u. § 326). Wie der Einwand, der sich auf das Wesen
der Wahrnehmung selbst gründet, zwar richtig aber selbstverständlich und unfruchtbar ist, so
bringt auch die Relativität aller Dinge unserem Bemühen keinen Schaden. Geben wir zu, dass
wir kein Ding für sich allein beobachten können, sondern nur in Wechselwirkung mit anderen,
so entspricht diese Seite in dem Wesen der Dinge gerade unseren Absichten: Gegenstände in
vollkommener Vereinzelung und Absonderung zu erkennen, reizt unsere Forschenslust nicht.
Gerade die Kräfte, mit welchen sie aufeinander wirken, ihre Veränderungen, ihr Verhältnis zu
einander, das sind die Stacheln, die stets von neuem zur Erkenntnis anspornen.

Der **neunte Tropus** will ausführen, dass dieselbe Erscheinung auf uns einen andern
Eindruck macht, wenn sie selten eintritt, einen anderen, wenn wir an sie gewöhnt sind. Ein
Komet erregt Schrecken; aber Sonnenaufgang und -untergang, der an sich ebenso wunderbar ist,
nehmen wir als etwas Selbstverständliches gleichgiltig hin (141); die sonst so entsetzlichen Erd-
beben werden in manchen Gegenden gar nicht mehr beachtet (142). Wir können also, dies ist
die nicht deutlich ausgesprochene Folgerung des Tropus, nicht erkennen, wie wichtig und bedeutsam
eine Erscheinung an sich ist, sondern wir wissen nur, welchen Eindruck sie auf uns macht.
Dieser Tropus ist überaus dürftig und gibt kein neues Moment für den Angriff des Skeptikers;
denn man kann mit zwei Erschéinungen in allen Einzelheiten vertraut sein, ihre Ursachen und
Wirkungen klar überschauen und doch von der einen angenehmer berührt werden als von der
anderen. Wenn das Gold, um ein von Sextus (143) angeführtes Beispiel zu nehmen, so häufig
würde als Steine, das Wasser so selten als Rosenöl, so würde dieser Wechsel die weitgreifendsten
praktischen Folgen nach sich ziehen, aber unsere Kenntnis von der Beschaffenheit des Goldes und
des Wassers nicht berühren. Dieselbe Krankheit wird dem Arzte einen verschiedenen Eindruck
machen, wenn er sie an einem fremden Kinde, und wenn er sie am eigenen entdeckt; aber seine
Erkenntnis derselben braucht von seinem Gefühl nicht beeinflusst zu werden.

Der **zehnte Tropus** geht über den Kreis der durch die Sinne zu schöpfenden Erkenntnis
hinaus, wenn er zu beweisen sucht, dass in den Urteilen über Gut und Böse, über Sitte, über
das, was den Menschen gezieme, ein unlösbarer Wirrwarr herrsche. Diesen Widerstreit führt
Sextus in fünf genau definierten Gebieten durch. Das sind die Lebensweise ($\dot{\alpha}\gamma\omega\gamma\alpha\iota$), Sitten,
Gesetze, religiöser Glaube ($\mu\upsilon\vartheta\iota\varkappa\alpha\grave{\iota}\ \pi\acute{\iota}\sigma\tau\varepsilon\iota\varsigma$) und philosophische Lehren ($\delta o\gamma\mu\alpha\tau\iota\varkappa\alpha\grave{\iota}\ \dot{\upsilon}\pi o\lambda\acute{\eta}\psi\varepsilon\iota\varsigma$). Und
wie in jedem dieser Gebiete die grösste Uneinigkeit zu Tage trete, indem der eine Mensch diese, der
andere jene Lebensart wähle, wie bei dem einen Volke erlaubt oder geboten sei, was dem anderen
entsetzlich dünke, so wird auch ausführlich gezeigt, dass eins dem anderen widerspreche. Der
Philosoph liege oft im Streit mit den Gesetzen und der Sitte, der religiöse Glaube mit Philosophie
und Gesetzgebung, und so wird der Widerspruch in allen Kombinationen nachgewiesen; demnach

wissen wir wohl, was nach jeder Sitte oder jedem Gesetz gut und böse sei; was aber das Gute und das Böse nach ihrer Natur seien, das ist uns verschlossen.

Die Existenz aller von der Skepsis in den genannten Gebieten behaupteten Widersprüche müssen wir zugestehen und·dürfen uns nicht verhehlen, dass dieselben um so bedenklicher sind, als sie am schärfsten in den Begriffen von Gut und Böse hervortreten, in denen ein Irrtum verhängnisvoll für das praktische Leben wirken kann. Und da ein Kennzeichen dafür fehlt, welche von den vielen aus einander gehenden Meinungen die richtige sei, gelangen wir zu derselben Resignation, zu der wir uns schon im vierten Tropus bekennen mussten. Doch wollen wir uns nicht mit dieser kurzen Verweisung so einschneidender Fragen entledigen, sondern wenigstens das Material prüfen, welches den Skeptiker zur Leugnung jeder Erkenntnis in der Ethik getrieben hat. Da lässt sich zunächst nicht verkennen, dass das Gebiet der Lebensweise und das der Gesetze nicht ganz glücklich herangezogen seien. Verschiedenheit in der Lebensweise, Abweichung in den Gewohnheiten können von Unterschieden in der Beurteilung der Dinge und Thatsachen herrühren, haben aber auch oft eine andere Entstehung. Individuelle Neigung, Trägheit, Bequemlichkeit, grössere oder geringere Willenskraft können trotz gleichen Urteils grosse Verschiedenheit in der Lebensführung hervorrufen. Die Gesetze ferner gründen sich nicht bloss auf Erkenntnis der Aussenwelt. Zwar sind sie oft verschieden wegen der verschiedenen Ansichten der Gesetzgeber über den Nutzen und die Folgen einer Einrichtung, aber sie sind auch abhängig von den Verhältnissen des Landes z. B. von besonderen Schwierigkeiten, mit denen dasselbe zu kämpfen hat, von seiner Bodengestaltung, von der Geschichte eines Volkes, von seinen Nachbarn, seinen Feinden. Auch auf Abweichung in den Sitten hätte der Skeptiker sich nicht ohne Einschränkung stützen sollen. Oft werden dieselben von ähnlichen Faktoren beeinflusst wie die Gesetze, wie sie auch in den ältesten Zeiten von diesen nicht zu unterscheiden waren. Allein er begreift unter Sitten auch Sittlichkeit, die Erkenntnis von Gutem und Bösem, und damit wäre allerdings ein wunder Punkt menschlicher Forschung getroffen. Noch ist kein sicherer Boden zur Aufstellung eines überall und für alle Zeiten giltigen Sittengesetzes gefunden; denn noch fehlt es an der unerlässlichen Bedingung: der Bestimmung der Quelle unseres sittlichen Bedürfnisses und des sittlichen Handelns. Obwohl jedem eine für das praktische Leben ausreichende Kenntnis des Guten und Bösen und das Bewusstsein der Verantwortlichkeit für seine Handlungen innewohnt, ist es noch nicht gelungen, dieses Bewusstsein soweit zu klären, dass sein Inhalt zu einer allgemein für giltig anerkannten wissenschaftlichen Gestaltung geführt wäre. Wenn wir aber bedenken, dass uns stets Fragen beschäftigen wie: woher kommt dem Menschen das Bewusstsein von Gut und Böse? giebt es ein absolut sittlich Gutes und absolut Böses?, so müssen wir uns wundern, dass der Skeptiker, um die Uneinigkeit der Meinungen zu begründen, sich ausschliesslich an den Widerstreit der Urteile über Handlungen hält, die aus den geschlechtlichen Trieben hervorgehen. Das gerade ist für uns wohl allgemein ausgemacht, dass, von Greuelthaten abgesehen, welche kein Volk billigt noch je gebilligt hat, in diesem Gebiete nichts für absolut verwerflich gegolten hat, dass diese Fragen zum grossen Teil zur Sitte, nicht unmittelbar zum Gebiet des sittlich Guten und Bösen gehören, Begriffe, die der Skeptiker nicht scharf unterscheidet. Indessen entspringt das Verfahren unseres Philosophen nur aus den Anschauungen der antiken Welt. Für uns liegt eine grosse Schwierigkeit darin, dass wir nur sehr weniges finden, z. B. Verrat am Vaterland, Treulosigkeit an dem Freunde zu eigenem Vorteil begangen, was immer und überall für abscheulich gegolten hätte. Bei der erweiterten Völkerkenntnis entging es uns nicht, dass es kaum einen Frevel giebt, der nicht irgendwo zu irgend einer Zeit erlaubt gewesen wäre. Und dieser grelle Abstand in den Urteilen der Völker und Zeiten erschwert nicht zum wenigsten eine allgemeingiltige Feststellung von Gut und Böse. Anders die Alten: Sie begnügten sich mit dem, was die Philosophen über Ethik lehrten; wir finden in den Schulen den grössten Zwiespalt der Meinungen über Ziel und Ursprung des sittlichen Handelns; aber darin, was in den einzelnen Fällen gut, was böse sei, waren sie ziemlich einig; vielleicht abgesehen von denjenigen, wo Pflicht mit Pflicht im Streite lag. Dies Gebiet bot also dem Skeptiker wenig Stoff zu Beleuchtung des Schwankens der Menschen.

Folgen wir jedoch unserem Philosophen weiter: Für uns, die wir die Religion vom Gebiet rein verstandesmässiger Erkenntnis gesondert wissen wollen, klingt es fremdartig, dass er die Verschiedenheit der Mythen in seinen Beweis hineinzieht. Doch war er auch darin nur ein Kind der Zeit, in welcher die Philosophen kein Bedenken trugen, die Mythen zur Bekräftigung ihrer Lehre zu benutzen. Ein Mittel, das seinen Gegnern, den Stoikern, soviel Kraft gab, brauchte der Angreifer sich nicht zu versagen.

Schliesslich noch ein Wort üher die δογματικαὶ ὑπολήψεις. Unzweifelhaft musste die Uneinigkeit der Philosophen, der Männer, die vor allen berufen waren, die Wahrheit zu erschliessen, am unwiderleglichsten die Schwierigkeit, wenn nicht Unmöglichkeit einer Erkenntnis darthun, und wir verdenken es dem Skeptiker nicht, wenn er dies zum Hauptstützpunkt seines Angriffs macht. Mit dem Streit der Weisen unter einander hatte schon die Akademie erfolgreich gegen die Stoa gekämpft; von der Anwendung dieser Waffe giebt Cicero in den Academica ein anschauliches Bild. Wenn es, wie die Stoa behauptet, ein untrügliches Kennzeichen der Wahrheit giebt, woher dann der Irrtum so vieler weiser Männer? Kann ja in unserer Zeit jeder, welcher Scheu trägt sich in die Philosophie einzuarbeiten und durch Beschäftigung mit ihr Interesse und einsichtige Anerkennung ihrer Leistungen zu finden, sich bequemlich damit entschuldigen, alle Mühe sei doch umsonst, die bedeutendsten Männer seien nicht einmal über die wichtigsten Fragen einig. Um wieviel verhängnisvoller musste der Zwiespalt der Sachverständigen in einer Zeit wirken, wo die Philosophie ausser der Erkenntnis der Wahrheit die Aufgabe hatte, einen sicheren Weg zum wahren und dauernden Glück zu weisen, und den Menschen für die Not und Drangsal des Lebens ein unfehlbares Heilmittel in die Hand zu geben, d. h. Wünsche zu befriedigen hatte, zu der die Religion allein fähig ist. Wir besitzen ein schlagendes Beispiel für die Bedeutung, welche diese Klippe der Uneinigkeit unter den Schulen schon für die alte Philosophie hatte. Als Antiochus von Askalon, der strengen Negation der Akademie überdrüssig, von Angriffen auf die Stoa zu einer Lehre überging, welche dieser selbst nahe kam, fand er es notwendig nachzuweisen, dass die Geisteshelden der Vergangenheit in allen wesentlichen Dingen einerlei Meinung gewesen seien und nur im Ausdruck der Gedanken variiert hätten; und, wie Ciceros Schrift de finibus zeigt, ward ihm dies von vielen geglaubt.

Soviel über den Inhalt und die Tragweite der Tropen im einzelnen. Ich glaube gezeigt zu haben, dass die Reihenfolge, in welcher Sextus die Tropen bringt, durchaus keine zufällige sei. Nachdem die Schwäche in der Wahrnehmung bei allen lebenden Wesen(1), bei den Menschen(2), bei den einzelnen Sinnen(3), bei der jeweiligen Verfassung und den Affekten des Menschen(4) dargethan war, zeigte der 5., 6. und 7. Tropus, dass kein Ding den Menschen rein erscheint, sondern in einer gewissen Entfernung(5), in Verbindung und Vermischung mit anderen Dingen (6), oder in einer gewissen Quantität(7). Der 8. Tropus giebt die Quintessenz aller vorhergehenden mit dem Nachweis, dass keine Wahrnehmung an sich Giltigkeit habe, sondern jede einzelne von anderen abhänge. Der 10. Tropus hätte nach strenger Ordnung dem 8. vorausgehen sollen; denn gerade die Begriffe vom Guten, von Sittlichkeit, vom Schönen, haben ja vor allen anderen das Gepräge einer nur relativen Geltung. Doch verstehen wir leicht, warum er von den anderen abgesondert ist. Er ist der einzige, der über die sinnliche Wahrnehmung hinausreicht und Erkenntnisse bestreitet, welche ausserhalb der Vermittelung durch die Sinne stehen.

Dieser so einfache Gedankengang wird in überraschender Weise durch den 9. Tropus unterbrochen. Nachdem schon die Relativität aller Vorstellungen erwiesen, ist es ungehörig, noch davon zu sprechen, dass dieselbe Erscheinung mehr oder weniger Schrecken und Staunen erregt, je nachdem sie selten oder häufig, regelmässig oder überraschend eintritt. Dazu ist dieser Tropus inhaltlich bei weitem der schwächste.

Des Laertius Diogenes Anordnung weicht in zwei wesentlichen Punkten ab. Der Angriff auf Erkenntnis des Sittlichen folgt gleich nach dem Erweis der Schwäche der Sinne und der alles zusammenfassende Tropus von der Relativität aller Wahrnehmung ist statt an 8. Stelle ganz zuletzt gesetzt. Der letzteren Anordnung liegt offenbar der richtige Gedanke zu Grunde, dass der allgemeinste Tropus zuletzt stehen und dass ihm auch der untergeordnet sein müsse, der sich mit einem höheren Gebiet als dem der Sinnlichkeit beschäftige. Die Erörterung über die Schwäche der Sinne wird bei Laertius an 5. Stelle unterbrochen; doch wird darum die Reihenfolge bei ihm nicht regellos. In den vier ersten Tropen sind die Mängel des erkennenden Subjektes blossgelegt; ehe nun zu den Schwierigkeiten übergegangen wird, welche die Aussenwelt einem auch mit einem vollkommenen Organismus ausgestatteten Wesen immer noch bieten würde, soll die Unfähigkeit des erkennenden Menschen noch durch den Nachweis in ein besonders helles Licht gestellt werden, dass seine Kräfte auch da nicht ausreichen, wo er der Sinne gar nicht bedarf. Der neunte Tropus dagegen, der bei Sextus die Ordnung so auffallend unterbrach, ist hier geschickt eingefügt: Abgesehen davon, dass dasselbe Ding uns anders erscheint und anders wirkt, je nach Entfernung oder Grösse, macht es auch einen ganz verschiedenen Eindruck, je nachdem es uns selten oder häufig erscheint. Die passende Anordnung bessert aber natürlich nicht den schwachen Inhalt dieses Tropus.

Welche Anordnung ist die ursprünglichere? Dass dem Laertius die Fassung des Sextus vorgelegen hat, darf uns natürlich nicht irre führen. Seine Quelle kann ja älter als die des Sextus sein. Bei der Entscheidung über die Priorität der einen oder anderen Fassung ist, wie mir scheint, zunächst festzustellen, dass, wenn einmal der Beweis von der Relativität aller Wahrnehmung als Zusammenfassung und generelle Begründung aller Tropen an letzter Stelle stand, dass es dann für immer unmöglich war, ihn auf gleiche Stufe mit den anderen Tropen zu setzen und ihn zwischen sie einzuschieben. War einmal erkannt, dass alle anderen Einwendungen sich unter diesen vereinigen liessen, so konnte, wenn man den anderen Punkten überhaupt noch selbständige Bedeutung zuerkannte (die Nachfolger Aenesidems führten ja schon alle seine Tropen auf diesen einen zurück), dieser nur an hervorragender Stelle stehen, d. i. am Ende, als Krone des ganzen Gebäudes. Dagegen ist es wohl erklärlich, wenn die volle Bedeutung dieses Tropus dem entging, der ihn zuerst aufstellte, und wir verstehen, warum er bloss die auf die sinnliche Wahrnehmung bezüglichen Tropen ihm unterstellte, dagegen den Wirrwarr in sittlicher Erkenntnis an die letzte Stelle brachte. Darum scheint mir die Anordnung des Sextus am meisten Anspruch auf Priorität zu haben. Die Aufzählung des Aristokles, bei Eus. praep. ev. XIV 18. 11—12, der dem Aenesidem zeitlich näher steht als Sextus und der den Tropus von der Relativität zuletzt erwähnt, ist für unsere Annahme kein Hindernis; er hat die Tropen willkürlich in beliebiger Reihenfolge herausgegriffen und setzte den, der die grösste Wichtigkeit hatte, mit der stärksten Betonung an das Ende.

Es bleibt aber noch eine Schwierigkeit: Aristokles sagt a. a. O. § 11, Aenesidem habe τοὺς ἐννέα τρόπους erläutert und meint damit, wie die folgende Aufzählung beweist, unsere Tropen. Ein Irrtum darf bei dem kaum mehr als 100 Jahre jüngeren Peripatetiker nicht zu schnell angenommen werden. Aber wir haben ja oben gesehen, dass bei Sextus der 9. Tropus eine wohlgeordnete Reihenfolge ohne erkennbare Veranlassung unterbricht und inhaltlich jeder Bedeutung entbehrt. Ob damit die Neunzahl des Aristokles in Verbindung steht? Weist nicht beides darauf hin, dass ursprünglich der 9. Tropus gefehlt hat? Und es verdient bemerkt zu werden, dass in der allerdings ungenauen Übersicht des Aristokles der 9. Tropus mit keinem Worte berührt wird. Bei der erwähnten Annahme, die freilich beim Mangel eines sicheren Zeugnisses keine Gewissheit ist, würde jede Schwierigkeit gehoben sein. Aenesidem stellte ursprünglich unsere ersten acht Tropen auf, wohl in der Reihenfolge, wie sie Sextus berichtet, daran schloss sich als 9. unser jetziger 10., weil dieser aus der Sinnlichkeit heraus in das Gebiet der Ethik übergeht. Den 9. Tropus kann er selbst noch eingeschoben haben; denn trotzdem dessen Grundlage für uns ungiltig ist, lag er dem griechischen Skeptiker nicht so fern. Es ist uns schon öfters begegnet, wie bei den Griechen das Gebiet des Gefühls und der Neigung mit dem der Erkenntnis vermischt wurde.

Für eine Vermehrung schon unter Aenesidem spricht das Zeugnis des Sextus adv. math. VII 345 καθάπερ ἐδείξαμεν τοὺς παρὰ τῷ Αἰνησιδήμῳ δέκα τρόπους ἐπιόντες. Die Angabe des Laertius Diogenes IX. 87, dass der jetzige 9. Tropus bei Aenesidem der 10. gewesen sei, hat nicht Anspruch auf Autorität, weil er gleich darauf irrigerweise dem Sextus dieselbe Anordnung zuschreibt. Nach strenger Reihenfolge hätte der hinzugekommene 9. vor dem 8., d. i. vor dem die Relativität aller Dinge beweisenden Tropus stehen müssen. Allein der, welcher den 9. hinzufügte, trug begreifliche Scheu, das streng gegliederte einheitliche Ganze der ersten acht Tropen zu sprengen, aber ihn ganz zuletzt zu setzen, konnte seine innere Zugehörigkeit zu den acht ersten verbieten. Diesen letzten nötigen Schritt that, wie Laertius Diogenes a. a. O. uns mitteilt, Favorinus, indem er den 9. vor den 8. setzte und so ein die Sinnlichkeit umfassendes Korpus von neun Tropen herstellte. An letzter Stelle liess er natürlich denselben wie Sextus, weil dessen Inhalt von den anderen neun zu sehr abweicht. Die Anordnung des Laertius ist noch etwas vollkommener, weil sie schon die Einsicht voraussetzt, dass auch unsere Begriffe von Gut und Böse, von Gewohnheit und Sittlichkeit nur relativen Wert haben.

Ehe wir uns nun zu einer Würdigung des wissenschaftlichen Gehalts der Tropen insgesamt anschicken, wird es von Interesse sein, zu beobachten, welche Beurteilung das radikale Vorgehen des Aenesidem im Altertum gefunden habe. Einen heftigen Angriff gegen die ganze Schule von Pyrrho und Timon bis auf unseren Skeptiker macht Aristokles bei Eus. praep. ev. XIV. Er sucht zu beweisen, dass das System unhaltbar sei, weil ,es sich selbst widerspreche. Er schlägt auf die Feinde mit ihren eigenen Waffen, indem er mit vielem Glück ihr eigenes unentrinnbares „entweder — oder“ gegen sie führt. Entweder befinden sich die Dogmatiker nach der Behauptung der Skeptiker im Irrtum oder nicht. Irren sie sich, so wissen ja die Skeptiker das Wahre vom Falschen zu unterscheiden; irren sie sich nicht, warum greifen sie die Dogmatiker an? Hiergegen können sich die Skeptiker nicht auf die vorsichtige Verklausulierung ihrer Sätze berufen; sie wollten ja nichts als sicher behaupten: ihr ἐστί sei immer nur als ein φαίνεται εἶναι aufzufassen. (Sext. Pyrrh. hyp. 1. 135 τῷ ἔστι καταχρώμεθα ἀντὶ τοῦ φαίνεται), sie wollen nicht einmal das behaupten, dass sie nichts behaupten; die Sprache habe für ihre Denkweise gar keinen adäquaten Ausdruck, vgl. Aenesidem bei Photius bibl. cod. 212. Denn ihr Satz: uns scheint, dass man das φανερόν (δῆλον) nicht von den Dingen aussagen kann, setzt notwendig, wenn der Satz überhaupt noch Bedeutung haben soll, ein Wissen von dem voraus, was unter δῆλον und was unter ἄδηλον zu verstehen sei. Dieser Einwand ist nicht bloss formal wie der erste, sondern hat wesentlich materielle Grundlage, er erinnert daran, dass den Skeptikern ein Ideal von Erkenntnis vorschweben müsse, nach dem sie unsere Erkenntniskraft beurteilen. Dies Ideal ist mit dem radikalen Skepticismus unverträglich. Gleichwohl glaube ich nicht, dass eine Niederlage auf diesem Gebiete den Skeptikern empfindlich wäre. Die augenscheinliche Schwäche ihres Systems, nämlich die Unmöglichkeit einer Formulierung war ihnen nicht entgangen. Darum die ermüdende Sorgfalt bei jedem Satze, dass man nur ja nicht glaube, sie behaupteten etwas; sie erzählten ja nur, was ihnen scheine, welche Gemütsbewegungen, welche Eindrücke die Dinge auf sie machten. Der Skepticismus des Aenesidem durfte nie in ein System gebracht werden.

Entgangen ist aber dem Aristokles der Einwurf, dass sich die Gegner doch nicht von allem positiven Dogmatismus ferngehalten haben. Die Vernichtung jeder Erkenntnis sollte dahin führen, dass man sich jedes Urteils enthalte; und die Enthaltung von jedem Urteil, ja jeder Meinung bewirke eine völlige Gleichgiltigkeit und Unempfindlichkeit gegen die ganze Aussenwelt. Wer sie erreicht habe, dessen innere Ruhe könne nicht mehr gestört werden: sein unentreissbares Gut sei die ἀταραξία, die ihm das möglich grösste Mass von Glück bringe. Also ist auch bei den Skeptikern das Ziel jeder Philosophie ein glückliches Leben. All ihrem Streben liegt also der Satz zu Grunde: die wahre Philosophie führt zu vollkommenem Glück. Hätte man dies dem Aenesidem vorgehalten, so war die Entgegnung gleich da: „uns scheint nur, dass uns Glück zu teil werde“; aber wer hätte sich einer Schule angeschlossen, der es ebenso wahrscheinlich war, dass sie zu einem glücklichen, wie dass sie zu einem nicht glücklichen Leben führe? Dass der Peripatetiker diese Schwäche übersah, rührt von der Anschauung seiner Zeit her, die eine Wissenschaft um ihrer selbst willen nicht mehr kannte, und der eine Philosophie ohne das Ziel der Glückseligkeit undenkbar war. Diese Vorstellung vom Zweck der Philosophie erklärt auch, warum Aristokles mit merklicher Gereiztheit einen wenig philosophischen Grund gegen den Skeptiker vorbringt. Er wirft ihm vor, mit seiner Lehre vernichte er jede praktische Thätigkeit; Gesetzgebung, Strategie, Erziehung seien bei seinem System unmöglich. Wir werden später sehen, dass dem Peripatetiker doch ein beachtenswerter Gedanke vorschwebt; eine wissenschaftliche Ansicht wird aber nicht darum hinfällig, weil sie für das praktische Leben schädlich ist. Dieselbe Zeitrichtung hat auch verschuldet, dass der Skepticismus in ein System gezwängt wurde, in welchem er sich selbst aufheben musste. Sein Wesen ist es, jedes System schonungslos zu kritisieren. Allein zur Verbreitung einer philosophischen Richtung bedurfte es damals einer mehr oder minder fest geschlossenen sichtbaren Schule, und ohne die Verheissung eines praktischen Lohnes war nach der Zeit des Aristoteles kein Schüler mehr für die Philosophie zu gewinnen.

Aber sind dem Skepticismus auch die höchsten Ziele des Denkens, die Errichtung eines umfassenden Lehrgebäudes versagt, so bleibt ihm doch seine Grundlage, der unbestreitbare Trug unserer Sinne, bleibt der vielfältige Irrtum, der sich in jede menschliche Forschung hineindrängt, und doch dem, der ihm verfallen ist, als die lauterste Wahrheit erscheint. Er darf verlangen, dass man ·die Bedenken prüfe, die ihn zur Negation getrieben haben. Das haben wir bei Darstellung der Tropen im einzelnen gethan, und haben nun zuzusehen, wie weit der Angriff sämtlicher Tropen im stande ist, die Möglichkeit sicheren Wissens zu vernichten.

Hierbei ist zunächst festzustellen, dass, genau verstanden, der Skeptiker nicht die Möglichkeit des Erkennens vollständig leugnen will, sondern nur behauptet, dass sich die Richtigkeit unserer Wahrnehmungen, Vorstellungen und Urteile nicht erweisen lasse, dass jederzeit das Gegenteil von dem stattfinden könne, was wir wahrzunehmen glauben. Sie bestreiten also nicht durchaus die Möglichkeit einer Erkenntnis, sondern nur die Möglichkeit, eine Gewissheit davon zu erlangen, dass man das Wahre gefunden habe.

Der Feind hat aber seinen Angriff ungenügend vorbereitet. Jede Wahrnehmung nimmt der Skeptiker so auf, wie sie sich ihm bietet, und da tritt allerdings die grösste Verwirrung überall offen zu Tage. Somit erreicht er nur, was niemals eines Beweises bedurft hätte, dass wir den einzelnen Wahrnehmungen nicht trauen dürfen. Freilich leugnet er die Möglichkeit einer Prüfung, weil kein Kennzeichen uns lehrt, welcher Wahrnehmung wir bei einem Zwiespalt trauen sollten. Er will nicht zugeben, dass ein Sinn den andern kontrollieren könne, er glaubt nicht an die Möglichkeit des Nachweises, der geliefert ist, dass die Abweichung in der Wahrnehmung nicht immer von einer Mangelhaftigkeit unserer Organe, sondern von genau beobachteten und gleichmässig wirkenden Eigenschaften der gesamten materiellen Welt herrühre. Seine Einwürfe fallen weg, sobald man den Widerstreit der Sinne im voraus berechnen und aus allgemeinen Naturgesetzen erklären kann. Freilich sind ja auch alle diese Forschungen, welche die Kraft unserer Organe festgestellt und ihre Zuverlässigkeit durch Gesetze beschränkt haben, zuletzt auf sinnliche Wahrnehmungen zurückzuführen, welche wir ohne Prüfung hinnehmen müssen. Aber die Richtigkeit derselben gewinnt doch einen hohen Grad von Wahrscheinlichkeit dadurch, dass sie sich immer gleich bleiben und mit allen Schlüssen des Verstandes übereinstimmen. Wie leicht aber trotz aller Prüfung und Vorsicht Irrtum einschleicht, haben wir selbst wiederholt hervorgehoben. Es darf dem Skeptiker kein Vorwurf daraus gemacht werden, dass die Mittel, die wir zu einer so sorgfältigen Prüfung der Sinnesorgane besitzen, zu seiner Zeit noch nicht vorhanden waren. Das erhöht aber nicht den Wert seiner Polemik für die Philosophie an sich. Ferner erstreckt sich der Angriff der Tropen nur auf die unmittelbar durch die Sinne gewonnenen Wahrnehmungen; auch der 10. Tropus, der die Möglichkeit der Aufstellung eines allgemein giltigen Sittengesetzes bestreitet, bedient sich nur der Sinne, indem er mit den durch Hören, Sehen und Sammeln gewonnenen Resultaten beweist, dass sich in Sitte, Sittlichkeit, Gesetzgebung widersprechende Meinungen vorfinden.

Die Skepsis der zehn Tropen erstreckt sich also nur auf eine Quelle der Erkenntnis und alle Untersuchungen, zu denen wir die leiblichen Sinnesorgane entbehren können, bleiben unberührt. Und wenn wir uns auch bewusst sind, dass mit dem von der sinnlichen Wahrnehmung getrennten Denken die Aussenwelt nicht erkannt werden kann, so bleiben doch noch bedeutungsvolle Gebiete, die der Skeptiker ausser acht lässt. Fragen, wie die über das Selbstbewusstsein, über die Seelenvermögen und Beobachtungen über die ästhetischen Empfindungen sind in ihren Anfängen von den Sinnesorganen unabhängig. Die Gesetze und Formen des Denkens werden nur durch das Denken selbst gefunden, ja die Untersuchung, wie der Verstand die Wahrnehmungen aufnimmt und ordnet, ist ganz unabhängig von der Frage, ob den Vorstellungen Dinge, die ausser uns liegen, entsprechen.

Demnach müsste unsern Tropen nicht mehr als Ziel die Begründung des Zweifels an aller Erkenntnis, sondern nur an der, welche aus der sinnlichen Wahrnehmung hervorgeht, gesteckt werden. Statt dessen ist die Darstellung bei Sextus immer so gehalten, als sollte durch sie jede Erkenntnis zerstört werden. Darum zeigt er nebenbei die Unmöglichkeit eines Beweises, negiert in ein paar Worten jede Existenz eines Absoluten. Aenesidem dürfen wir von einer solchen Verkennung der Grenzen seiner Tropen freisprechen. Er führte sie nur gegen die sinnliche Wahrnehmung ins Feld; gegen die übrigen Gebiete der Erkenntnis hatte er andere Waffen. Nach der Inhaltsangabe seiner Bücher (vgl. Phot. bibl. cod. 212) *Πυρρώνειοι λόγοι* führte er gegen alle Arten menschlicher Forschung Gründe ins Feld; leider sind diese selbst nicht überliefert, aber wir wollen wenigstens davon Akt nehmen, dass er mit der Bestreitung der Kausalität gegen die Erkenntnis einen Schlag zu führen suchte, gegen den alle Angriffe der Tropen nur wie Plänkelei erscheinen. Seine Nachfolger haben dann den Stoff der zehn Tropen und den dieser Bücher in acht Tropen vereinigt, die das ganze Gebiet der Erkenntnis umklammern. Die Tragweite unserer Tropen erstreckt sich also nur auf die durch die Sinne vermittelte Erkenntnis, und wir wollen alle Schwächen und Mängel in der Ausführung vergessen und annehmen, sie seien so vollkommen dargestellt, dass kein Einwand mehr möglich sei, und dass nun wirklich jede Gewähr für die Richtigkeit unserer Wahrnehmung fehle. Was ist erreicht? haben wir nun einen richtigen Einblick in die Fähigkeit und den Wert unserer Organe gewonnen, wenn dieser Einblick auch nur so weit reicht, dass wir von dem völligen Unvermögen unserer Sinne sichere Kenntnis hätten? Die Mangelhaftigkeit unserer Wahrnehmungen ist zwar erwiesen, aber nicht durch notwendige Gesetze, die sich dem Denken aufdrängten, sondern wieder auf Grund von Wahrnehmungen, deren Ungiltigkeit eben bewiesen wurde. Wir befinden uns in demselben Zirkel, in den die Zuhörer des kretischen Philosophen gerieten, der erklärte, alle Kreter seien Lügner. Die Wahrnehmung sagt, alle Wahrnehmung könne lügen, also ist es vielleicht nicht wahr, was die Wahrnehmung sagt, also ..... Dass der Skeptiker sich selbst in ein Labyrinth geführt, hat schon Aristokles erkannt, wenn er nach kurzer Anführung der Tropen fortfährt: XIV. 18. 12, *ταῦτα δὲ καὶ τοιαῦτα κομψολογοῦντα αὐτὸν ἡδέως ἄν τις ἤρετο, πότερον εὖ εἰδὼς λέγοι διότι τὰ πράγματα τοῦτον ἔχει τὸν τρόπον ἢ ἀγνοῶν· εἰ μὲν γὰρ οὐκ ᾔδει, πῶς ἂν ἡμεῖς αὐτῷ πιστεύοιμεν; εἰ δ' ἐγίνωσκε κομιδῇ τις ἦν ἠλίθιος ἅμα μὲν ἄδηλα πάντα ἀποφαινόμενος, ἅμα δὲ τοσαῦτα λέγων εἰδέναι.*

Dazu kommt noch eine andere Schwäche. Die meisten Tropen laufen auf den in der Form mehrfach variierten Satz hinaus: was uns scheint, das vermögen wir zu sagen; aber über die Natur der Aussendinge (*περὶ τῆς φύσεως τῶν ἐκτὸς ὑποκειμένων*) dürfen wir nichts behaupten, vgl. 1. 78, 112, 117, 123, 128, 134, 140, 163. Was versteht der Skeptiker unter „Natur der Aussendinge“? Es ist nicht schwer, sich bestimmte Vorstellungen bei diesem Namen zu machen, aber es ist nicht bloss Nachlässigkeit, dass er niemals diesen Ausdruck definiert. Denn, wenn er auch vorsichtig statt mit *ἐστί* mit seinem *φαίνεται* den Begriff formuliert hätte, er hätte eine dogmatische Behauptung ohne Beweis aufstellen müssen. Aber in welche Lage hat er sich dadurch gebracht, dass er diese Definition vermeidet? Er behauptet, unsere sinnliche Wahrnehmung könne die ihr gestellte Aufgabe nicht lösen; welches aber diese Aufgabe sei, kann er uns nicht lehren. Wie kann man bemängeln, dass etwas eine Aufgabe nicht erfülle, die selbst nicht einmal genannt werden kann?*)

Aenesidem selbst hat diese unausfüllbaren Lücken wohl gesehen. Darum begnügte er sich alles aufzuzählen, was sich gegen die Sinne sagen lässt, verwahrt sich aber entschieden gegen die Zumutung, irgend etwas mit Bestimmtheit zu negieren. So unfruchtbar diese Haltung auch ist, so lässt sich ihr doch Konsequenz nicht absprechen. Diese Lücke möglichst ungefährlich zu machen, war wohl der Zweck seiner weitläufigen Auseinandersetzung, mit der er sich aufs strengste von der Negation der Akademie scheiden wollte. Hatte auch, wie Zeller dies mit Recht hervorhebt, Arkesilas schon eingesehen, dass auch die Unmöglichkeit zu erkennen nicht bewiesen werden könne, so traten die Akademiker doch viel entschiedener gegen die Erreichbarkeit der Wahrheit auf, als die Skeptiker, und waren viel fester von ihrem Recht überzeugt als Aenesidem und seine Schule. Man muss letzterem den Ruhm lassen, den Teil seiner Lehre, der die Erkenntnis betraf, mit treuer Folgerichtigkeit durchgeführt zu haben, wenn er bei Hervorhebung aller Hemmnisse auf ein Resultat Verzicht leistete. Denn das allein ist es, was Aenesidem bei Photius, um ein Missverständnis nicht aufkommen zu lassen, mit unendlicher Mühe und Weitschweifigkeit anschaulich machen will.

Ist so die Grundlage des Skepticismus eine schwankende, und bewegt sich die Beweisführung in einem Zirkel, so hat er andererseits trotz aller Konsequenz, die er beim Zweifel anwendet, die Untersuchung nicht weit genug ausgedehnt. Er bestreitet die Möglichkeit zu erkennen, wie die Dinge sind; ja er kommt zu der Einsicht, dass wir gar keine Gewähr haben, ob unsere Sinne dem Gegenstande entsprechen; im 3. Tropus wirft er die Frage auf, ob die Dinge nicht Eigenschaften besitzen, zu deren Wahrnehmung uns das Organ fehle. Aber bei jedem Nachweis ist es seine stillschweigende Voraussetzung, dass das, was wir wahrnehmen, wirklich von ausser uns Existierendem ausgehe; nur sind diese Wahrnehmungen durch Eigenschaften des wahrnehmenden Organs und des zu erkennenden Objektes getrübt. Aber woher weiss der Skeptiker, dass unseren Vorstellungen wirkliche Dinge zu Grunde liegen? Er geht von einer unbewiesenen, keineswegs selbstverständlichen Thatsache aus und merkt nicht einmal, dass sie bewiesen werden müsste. Er hätte noch einen Schritt weitergehen und die Frage aufwerfen sollen, ob die Dinge nicht bloss Erzeugnisse unserer Seele, der Thätigkeit unseres Gehirns seien. Und doch verkennen wir nicht, dass ein Innehalten vor dem letzten Schritte für den antiken Skeptiker unvermeidlich war; denn das, was uns als Weltgebäude und als Wirkung der Existenz und des Organismus desselben erscheint, kurz die gesamte Welt unserer Erfahrung für nur in unseren Gedanken existierend, nur für eine Schöpfung unserer Seele zu erklären, war eine für die Alten unmögliche Folgerung**). Und hätte auch seine Forschung diesen äussersten Punkt berührt, so musste er ihn doch immer seinem System fernhalten, weil er dann dieses selbst zerstört hätte. Seine Waffe ist nicht die, dass wir niemals wahrnehmen können, wie die Dinge sich verhalten, sondern dass wir niemals wissen, ob wir richtig, d. h. den Dingen entsprechend wahrnehmen. Ist aber die Existenz der Dinge ausser uns nicht gesichert, so ist die Frage, ob unsere Wahrnehmungen die Eigenschaften der Dinge wiedergeben, gegenstandslos und damit wird die Grundlage des Skepticismus wankend. Unsere Vorstellungen aber bleiben. Denn das gibt er ja in jedem Falle zu, was wir wahrnehmen, was wir fühlen, was uns scheint, das wissen wir. Die äusserste Konsequenz, welche der Skeptiker nicht wagen durfte, ist unser sicherster Rettungshafen gegen jegliche Angriffe jedes Skepticismus, soweit er sich auf die sinnliche Wahrnehmung bezieht. Wie wir schon früher betont haben, müssen wir zugeben, dass die Existenz einer ausser uns liegenden Welt, von der unsere Vor-

---

*) Aristokles hat diese Schwäche gefühlt, wenn er sagt a. a. O. 18. 10 ἄξιον δὲ ζητῆσαι πόϑεν καὶ μ ἄδηλα πάντα φασὶν εἶναι, δεῖ γὰρ εἰδέναι πρότερον αὐτοὺς τί δή ποτ'[ἐστὶ τὸ δῆλον. οὕτω γοῦν ἂν ἔχοιεν λέγειν ὡ τὰ πράγματα τοιαῦτα. Es sind dieselben Worte, die wir oben (p. 17) schon verwertet haben.

**) Der Satz des Gorgias ἔστιν οὐδέν war wohl nicht ernst gemeint, sondern eine Parodie der Eleatischen Lehren.

stellungen ausgehen, nicht bewiesen sei; dass es also möglich sei, dass alle unsere Wahrnehmungen und Vorstellungen und alle Schlüsse, die wir daraus auf die Beschaffenheit einer Aussenwelt ziehen, bloss Produkte unserer Seele seien. Aber wir bleiben bei diesem Zugeständnis und thun nicht den weiteren Schritt zu dem Satz, dass, weil die ganze scheinbare Aussenwelt in uns liegen könne, sie auch in uns liegen müsse. Allein gesetzt auch, wir würden zu der Annahme gezwungen, dass wir es bloss mit einer von aussen ganz unabhängigen Thätigkeit der Seele zu thun hätten, so würde unsere Forschung keinen Eintrag erleiden. Auch nach jenem Nachweis blieben unsere Wahrnehmungen und Vorstellungen selbstredend dieselben, auch würde der Schein einer Aussenwelt dieselbe Kraft auf unsere Sinne ausüben, und unsere Thätigkeit, der faktisch nur das Ziel gegeben ist, unsere Vorstellungen in Übereinstimmung und Ordnung zu bringen, bliebe nach wie vor dieselbe; nur die Gefahr wäre beseitigt, Zeit und Kraft auf eine wenig fruchtbare Untersuchung zu verwenden.

Nachdem wir die wissenschaftliche Haltbarkeit des Skepticismus geprüft und gefunden haben, dass er von schwankendem Boden ausgeht, in der Ausführung erhebliche Mängel zeigt und vor dem letzten Ziele innehält, bleibt uns noch übrig zu fragen, mit welchem Recht ihm vorgeworfen wird — und dies ist am heftigsten von den Alten schon geschehen —, dass seine Grundsätze für die Wissenschaft und die sittliche Führung des Lebens schädlich wirken müssen.

Wenn er die Schwierigkeiten, die sich der Erkenntnis entgegenstellen, blosslegte, und wenn er sie vielleicht übertrieb, so konnte durch den heftig entstandenen Kampf die Erkenntnislehre nur gewinnen. Der Skeptiker durfte sogar die Unmöglichkeit, jemals zur reinen Wahrheit zu gelangen, offen aussprechen, wenn die Untersuchung zu diesem negativen Resultate führte. Allein er folgert weiter: weil wir nie zur vollen Erkenntnis gelangen, darum ist es auch unnütz darnach zu streben. Der Mensch beschäftige sich nur mit dem zum praktischen Leben unbedingt Notwendigen, suche jeden Affekt zu dämpfen, weil er nie wisse, ob er berechtigt sei. Also: weil wir nicht können, dürfen wir auch nicht wollen? weil wir das höchste denkbare Ziel nicht erreichen können, sollen wir auch verzichten, einzelne Stufen zu erklimmen? Sollen wir am Fuss des Berges stehen bleiben, weil wir wissen, dass wir seinen Gipfel doch niemals ersteigen können? Nicht der Wunsch die Wahrheit voll zu wissen treibt allein die Menschen zur Forschung an. Im Forschen selbst liegt ein mächtiger Reiz, und wenn wir sehen, dass wir fortschreiten und spüren, dass die Arbeit Erfolg hat, dann glauben wir hinreichend belohnt zu sein und fahren emsig in der Arbeit fort, mag das Ziel auch immer fern bleiben. Ist es denn wirklich zu beklagen, dass der Besitz der absoluten Wahrheit uns versagt bleibt? Es wird von den Menschen keine unnötige Entsagung verlangt, weil er die volle Wahrheit doch nicht ertragen würde und er sie um einen Preis erlangt hätte, der für ihn theurer ist als die Wahrheit selbst, um den Preis des Fortschritts in der Erkenntnis. Wenn wir an dem Lessingschen Ausspruche festhalten, hat der Skepticismus für uns seinen Stachel verloren. Ob der Skeptiker sich darüber klar geworden ist, wohin sein Rat, bis in die äussersten Konsequenzen befolgt, führen müsse? Er würde jede Thätigkeit der Seele lahm legen, die über die kläglichste Befriedigung der notwendigsten Bedürfnisse hinausginge. Nicht nur jede Wissenschaft wäre aufgehoben, jeder Technik, jeder Fertigkeit würde der Lebensnerv genommen, wenn man nichts fertigen solle, weil man niemals ganz sicher weiss, ob man nicht irgend einen Fehler mache. Der Mensch würde nur noch von tierischem Instinkt sich leiten lassen können, und der Vorwurf des Aristokles a. a. O., dass der Skeptiker planmässige Erziehung, Gesetzgebung u. s. w. unmöglich mache, hat volle Berechtigung. Doch hat die Natur selbst dafür gesorgt, dass der Skepticismus in der Form, die er im Altertum fand, niemals allzu verheerend wirken kann. Es ist das Verdienst Humes, festgestellt zu haben, dass die Gewissheit richtig wahrzunehmen nicht durch eine Vorstellung, weil wir uns ja auch das Unwahrscheinlichste und Unmöglichste vorstellen können, gegeben werde, sondern durch eine Empfindung oder ein Gefühl; vergl. seine „Untersuchung in betreff des menschlichen Verstandes", übers. von v. Kirchmann, Abteil. V., Abschn. II.

Aber wie schon manche uns befremdende Anschauung, so findet auch diese alles geistige Leben vernichtende Tendenz ihre Erklärung in dem Streben der gesamten Philosophie des Altertums. Für die Zeit nach Aristoteles hatte eben die Philosophie nicht mehr das ideale Ziel, sich der Wahrheit zu nähern, sondern einen Weg zum wahrhaft glücklichen Leben zu zeigen. Eine Lehre aber, deren Kern darin bestand, dass die Wahrheit zwar unerreichbar aber doch erstrebenswert sei, wäre nie begriffen worden, und die, welche sie aufgestellt, wären weit aus den Anschauungen der alten Völker herausgetreten. Gab es keine absolut giltige Erkenntnis, so musste ein Ausweg gefunden werden, wie man auch ohne Erkenntnis glücklich werden könne. So musste sich damals aus einer anerkennenswerten Einsicht in die Schranken menschlichen Könnens die Apathie entwickeln, die verderbliche Frucht aus einer gesunden Wurzel.

Wir stehen am Schluss unserer Betrachtung der Tropen. Dieselben ziehen die Erkenntnis nur soweit in ihre Untersuchung, als deren Quelle die sinnliche Wahrnehmung ist. Obgleich wir sahen, dass manche Angriffe verfehlt waren, und besonders die Verwechslung von Neigung und Meinung viel Unheil anrichtete, so mussten wir doch zugeben, dass uns jede Gewähr für die Übereinstimmung unserer Vorstellungen mit der Aussenwelt fehle, hielten aber im Gegensatz zu dem Skeptiker daran fest, dass diese Übereinstimmung für unser Forschen durchaus nicht notwendig sei, da wir ja niemals mit den Dingen selbst, sondern nur mit unseren Vorstellungen zu thun haben. Es musste festgestellt werden, dass die Kraft der Tropen nur zu einzelnen Angriffen ausreicht, dass der Skepticismus in sich zerfällt, sobald er zu einem System ausgebildet werden soll; denn was er zerstört ist seine eigene Grundlage, und er vermag nicht einmal anzugeben, was man unter Erkenntnis zu verstehen habe. Schliesslich sahen wir, dass er voreilig mit den Schwierigkeiten der Erkenntnis auch jeden Versuch fortzuschreiten ersticken wollte. Sein Zweck ist nicht, das Denken zu fördern, sondern sich einer schwierigen und ihm lästigen Arbeit zu entledigen. Das ist das Ungesunde am antiken Skepticismus, dass er zweifelt, nicht weil ihn die Untersuchung unvermeidlich zum Zweifel führt, sondern weil er zweifeln will. Der gewissenhafte Skeptiker dagegen bedauert zu einem bloss negativen Resultat gelangt zu sein und sucht sich aus der unfruchtbaren, nicht befriedigenden Negation zu positiver Forschung emporzuarbeiten.

Schulnachrichten.

I. Allgemeine Lehrverfassung.

a. Gymnasialklassen.

Prima. (Klassenlehrer: Der Direktor.)

1. Latein 8 St. Horat. Od. III, IV. Mehrere Oden memoriert, 2 St. Holzweißig. Cic. p. Planc. Tacit. Ann. II—IV, XI—XIII, mit Auswahl; Germania; Cic. Somn. Scipionis. Privatlektüre: Cic. div. in Caec. in Verr. IV. und Liv. XXIX, mit Verwendung für das Lateinsprechen und Extemporieren: Liv. XXVII, XXVIII. Außerdem wurden einzelne Stellen des Gelesenen auswendig gelernt, 4 St. Aufsätze, Extemporalien, Exerzitien und mündliches Übersetzen aus Süpfle, Übungsb. III. Teil; grammatische und stilistische Erörterungen: Mitteilungen zur Technik des Aufsatzes, 2 St. Walther.

2. Griechisch 6 St. Im Sommer: Thucyd. II und IV mit Auswahl. Im Winter: Homer Il., VI—IX; Sophocl. Philoctet. (nicht vollendet). Xenoph. Cyrop. und Thucyd. ex tempore. Privatim jede Abteilung 6 Bücher Ilias. Grammatik nach Krüger, alle 14 Tage ein Extemporale, mitunter mündliche Übersetzungen aus dem Deutschen. Direktor.

3. Deutsch 3 St. Aufsätze, je einer in vier Wochen, 1 St. Geschichte der deutschen Nationallitteratur von Lessing bis jetzt, verbunden mit einschlagender Lektüre 1 St. Freie Vorträge. Logik 1 St. Jüngst.

4. Französisch 2 St. Grammatik nach Plötz. 2. Kursus von Lektion 58 bis 79. Alle 14 Tage ein Extemporale, 1 St. Lektüre Histoire de mon Temps von Frédéric le Grand, l'Avare von Molière, 1 St. Schlee.

5. Hebräisch 2 St. Repetition der Formenlehre. Die wichtigsten Regeln der Syntax wurden bei der Lektüre besprochen. Gelesen wurden ausgewählte Psalmen. Holzweißig.

6. Religion 2 St. Repetition der Bibelkunde und der Glaubenslehre mit Lektüre und Erklärung der conf. Aug. Kirchengeschichte. Holzweißig.

7. Geschichte und Geographie 3 St. Deutsche Geschichte während der neuern Zeit, nach dem Leitfaden von Herbst; Repetition früherer geographischer Pensen. Michael.

8. **Mathematik** 4 St. Stereometrie. Lösung geometrischer Aufgaben. Gleichungen 2. Grades mit einer und mehreren Unbekannten. Repetitionen früherer Pensa. Bertram.

9. **Physik** 2 St. Optik und Akustik. Bertram.

Sekunda. (Klassenlehrer: Oberlehrer Dr. Walther.)

1. **Latein** 10 St. Cic. de senect., p. Marc.; Liv. XXI—XXII 10; größtenteils retrovertiert, und einzelne Kapitel aus Cic. auswendig gelernt, 3 St. Privatlektüre Cic. in Cat. I. und III.; p. Arch. p. Deiot. Poetische Lektüre 2 St. Abschnitte aus Ov. fast., trist., ex Pont., Tibull, Lucan, Silius Jt., Martial nach Seyfferts Lesestücken; Virgil. Aen. VII. Memorieren von Versen. Metrische Übungen 1 St. Ergänzende Wiederholung der Kasus- und Moduslehre, Durchnahme von Meiring Kap. 106—125, Stilistisches; mündliches Übersetzen und Exerzitien aus Seyfferts Übungsbuch für Sekunda; Extemporalien. Versuche im Lateinsprechen in fast wörtlicher Wiedergabe der gelesenen Stücke, 4 St. Außerdem wurden in zwei besonderen Stunden mit den Obersekunbanern einzelne Punkte der Stilistik besprochen und durch wöchentliche Extemporalien eingeübt, Mitteilungen zur Technik des lateinischen Aufsatzes (alle 2 Monate wurde einer angefertigt) gegeben und Cic. p. leg. Man. gelesen. Walther.

2. **Griechisch** 6 St. Lektüre, poetische. 2 St.: Hom. Od. lib. V—IX. Die obere Abteilung las außerdem privatim XIX—XXIV.; bie untere Abteilung X, XXI—XXIV. Prosa 2 St.: Im Sommer Xen. Hell. II, III, im Winter Herod. lib. VIII. Grammatik 2 St. nach Krüger: Wiederholung der Formenlehre, Kasussyntax, das Wichtigste aus der Moduslehre. Inf. und Part. Monatlich drei Extemporalia. Holzweißig.

3. **Deutsch** 2 St. Sommer: Nibelungenlied. Winter: Gudrun, Minna von Barnhelm von Lessing, Wallensteins Lager und Wallensteins Tod von Schiller. Dispositionsübungen. Einiges aus der Metrik und Poetik. Freie Vorträge und Deklamationen; alle 4 Wochen ein Aufsatz. Schaunsland.

4. **Französisch** 2 St. Lektüre: Ségur: Napoléon à Moscou p. 1—70. Grammatik nach Plötz 24—39 und 50. Repetition der unregelmäßigen Verba. Alle 14 Tage ein Extemporale. Schaunsland.

5. **Hebräisch** 2 St. Elemente der Formenlehre des Verbums im Anschluß an die Grammatik von Gesenius. Gelesen wurden in IIb, Abschnitte aus Brückners hebr. Lesebuch; Gen. 1—3, 6—9; in IIa Gen. 37—46. Ex 1. 2. 3. Jub. 9, 1—21. 11. Holzweißig.

6. **Religion** 2 St. Sommer: Bibelkunde der Bücher des Alten Testamentes, besonders der poetischen und prophetischen Bücher. Winter: Lektüre aus der Apostelgeschichte. Repetitionen aus der Kirchengeschichte. Holzweißig.

7. **Geschichte und Geographie** 3 St. Römische Geschichte bis 180 n. Chr. nach Herbsts Hilfsbuch, mit Lektüre in den Quellen, Repetition der physischen Geographie von Deutschland. Michael.

8. **Mathematik** 4 St. Arith. Lehre von den Potenzen und Wurzeln; Gleichungen des 1. und 2. Grades mit einer und mehreren Unbekannten. Repetition und Vollendung der Planimetrie. Meier-Hirsch und Kambly. Bertram.

9. **Physik** 1 St. Magnetismus und Elektricität.

Ober-Tertia. (Klassenlehrer: Oberlehrer Dr. Michael.)

1. Latein 10 St. Caesar de bell. Gall. I, III, IV, V. 3 St., privatim lib. II und VI. Ovid lib. XI, 410—748, XII, 1—188, 210—579, XIII, 732—897, IV, 615—787. 2 St. Repetition der Kasuslehre, tempus- und modus-Lehre nach Meiring. 3 St. Extemporalia und Exercitia, mündliche Übersetzungen aus dem Übungsbuche von Meiring. Übungen in der Versifikation. 2 St. Michael.

2. Griechisch 6 St. Wiederholung der früheren Pensen, Verba anomala. Lehre vom Akkus. und Gen. Xenophons Anabasis lib. III. und IV. Wöchentlich ein Extemporale. Wapenhensch.

3. Deutsch 2 St. Repetition der Satzlehre, Periodenbau, Lektüre ausgewählter Stücke aus Hopf und Paulsiek, Wilhelm Tell von Schiller; alle 3 Wochen ein Aufsatz. Michael.

4. Französisch 2 St. Plötz Schulgrammatik, Lekt. 1—23. Lektüre: Paganel Frédéric le Grand. Alle 14 Tage ein Extemporale. Schaunsland.

5. Mathematik 3 St. Arithmetik. Die 4 Spezies mit allgemeinen Größen, Potenzen mit ganzen Exponenten. Gleichungen 1. Grades mit einer Unbekannten. M. Hirsch. Planim: Flächeninhalt der geradlinigen Figuren. Kambly. Bertram.

6. Religion 2 St. Repetition der ersten drei Hauptstücke des lutherischen Katechismus. Einprägung, für IIIa Wiederholung des 4. und 5. Hauptstückes. — Geschichte des Reiches Gottes im Alten Testament. — Sprüche und Kirchenlieder teils wiederholt, teils gelernt. Holzweißig.

7. Geschichte 2 St. Deutsche Geschichte vom Westfälischen Frieden bis in die neueste Zeit (Eckertz). Michael.

8. Geographie 1 St. Geographie der außereuropäischen Erdteile. Michael.

9. Naturgeschichte 2 St. Im Sommer Botanik: Übung im Bestimmen der Pflanzen, nach Jüngsts Flora. Im Winter Mineralogie. Wilbrand.

Unter-Tertia. (Klassenlehrer: Gymnasiallehrer Rübel.)

1. Latein 10 St. Repetition und Erweiterung der Kasuslehre nach der Grammatik von Meiring. Übersetzung der entsprechenden Stücke aus dem Übungsbuch von Meiring. Lektüre von Caesar bell. gall. II, III und IV. I kursorisch. Ovid Metam. I, 1—416, VI, 146—312, VIII, 547—589. Wöchentlich ein Extemporale. Metrische Übungen nach Seiffert palaestra musarum. Rübel.

2. Griechisch 6 St. Repetition des Quarta-Pensums, die verba contracta, muta, liquida, die verba auf $\mu\iota$, einschließlich Tabelle VII und VIII in Krügers Grammatik. Übersetzungen nach Berger-Heidelberg. Xenoph. Anabas. I, cap. 1 und 2. Wöchentlich ein Extemporale. Rübel.

3. Deutsch 2 St. Repetition und Ergänzung der Satz- und Interpunktionslehre. Das Wichtigste aus der Konjugation. — Lektüre ausgewählter Stücke aus Hopf und Paulsiek. — Alle 3 Wochen ein Aufsatz. — Deklamationen. Bis Dezember Holzweißig, später Nierhoff.

4. Französisch 2 St. Repetition von Plötz 40—73; 74—91 neu durchgenommen. Rübel.

5. Religion 2 St. Kombiniert mit Obertertia.

6. Geschichte 2 St. Deutsche Geschichte bis zum Westfälischen Frieden. Rübel. Winter: Nierhoff.

7. Geographie 1 St. Die physische und politische Geographie von Deutschland nach Daniel. Rübel. Winter: Nierhoff.

8. Mathematik 3 St. Arithmetik: 4 Spezies mit Buchstabengrößen. Planimetrie: Lehre vom Viereck und Kreise. Bertram.

9. Naturgeschichte 2 St. (kombin. mit IIIa.) Wilbrand.

Quarta. (Klassenlehrer: Gymnasiallehrer Dr. Schaunsland.)

1. Latein 10 St. Wiederholung der Formenlehre, Syntax der Kasus nach Siberti-Meiring. Übersetzung der entsprechenden Stücke aus dem Übungsbuche von Meiring. Wöchentliche Extemporalia. 5 St. Gelesen Corn. Nep., I—XIII; Phaedr. I—VI, mit Auswahl. Übungen im Lateinsprechen im Anschluß an die Lektüre, 5 St. Schaunsland.

2. Griechisch 4 St. Deklamation der Substantiva und Adjektiva, die Numeralia und Pronomina nach Krüger. Übersetzungen nach Scherer-Schnorbusch. Wöchentlich ein Diktat. Schäfer.

3. Deutsch 2 St. Wiederholung und Erweiterung der Satzlehre. Übungen im Nacherzählen und Deklamieren nach Hopf und Paulsiek. Alle drei Wochen eine deutsche Arbeit. Schaunsland.

4. Französisch 2 St. Plötz Elementarbuch Lektion 40—73. Extemporalia alle vierzehn Tage. Sommer: Rübel. Winter: Nierhoff.

5. Religon 2 St. Die drei ersten Hauptstücke des lutherischen Katechismus; der 2. Artikel besprochen. Biblische Geschichte des Neuen Testaments, namentlich das Leben Jesu. Sprüche, Kirchenlieder, Kirchenjahr. Holzweißig.

6. Geschichte und Geographie 3 St. Griechische Geschichte bis Philipp, Römische Geschichte bis Caesar nach Jägers Hilfsbuch, 2 St. Außerdeutsche Länder Europas nach Daniel, 1 St. Im Sommer: Bertram. Im Winter: Nierhoff.

7. Mathematik und Rechnen 3 St. Planimetrie: Erste Anfangsgründe bis zur Kongruenz der Dreiecke einschließlich, nach Kambly. Rechnen: Repetition der gewöhnlichen Brüche. Die Decimalbrüche. Bertram.

8. Naturgeschichte 2 St. Im Sommer Botanik: Übungen im Beschreiben der Pflanzen. Im Winter Zoologie: die Vögel nach Leunis Leitfaden. Wilbrand.

Quinta. (Klassenlehrer Va: Gymnasiallehrer Wapenhensch; Vb: Gymnasiallehrer Dr. Schäfer.)

1. Latein 9 St. Repetition und Erweiterung des Pensums der Sexta, die unregelmäßige Formenlehre, coniugatio periphrastica. Konstruktion der gebräuchlichen Konjunktionen, Acc. c. Inf., Participium coniunctum und absolutum. Lektüre aus Spieß (Quinta). Wöchentlich ein Extemporale. Grammatik von Siberti-Meiring. A. Wapenhensch. B. Schäfer.

2. Deutsch 3 St. Der nackte und erweiterte Satz, der zusammengesetzte Satz. Übungen im Erzählen und Deklamieren nach Hopf und Paulsiek (Quinta). Diktate und einige kleinere freie Arbeiten. A. Wapenhensch. B. Schäfer.

3. Französisch 3 St. Plötz Elementarbuch, 1—40; 14tägige Extemporalia. A. Kemper. B. Bis Dezember Wiegand, später Nierhoff.

4. Religionslehre 3 St. Biblische Geschichte des Neuen Testaments. Bibelsprüche, Kirchenlieder, und das zweite Hauptstück des Katechismus Luthers wurden gelernt mit Benutzung von Lüttgerts Hilfsbuch. Perthes.

5. Geographie 2 St. Asien, Amerika, Afrika und Australien. A. Perthes, B. Wiegand.

6. Rechnen 3 St. Bruchrechnung; Regeldetri mit Brüchen; Decimalbrüche. A. Kemper, B. Wiegand.

7. Naturgeschichte 2 St. Im Sommer Botanik; Exkursionen. Im Winter Zoologie. Die Ordnungen und Familien der Säugetiere. Kemper.

Sexta. (Klassenlehrer: A. Gymnasiallehrer Dr. Goebel; B. Kantor Wiegand.)

1. Latein 9 St. Die regelmäßige Formenlehre mit Benutzung der Sibertischen Grammatik nach Spieß' Übungsbuch für Sexta (Kapitel 1—19). Exerzitien und Extemporalien. A. Goebel; B. Wiegand.

2. Deutsch 3 St. Der einfache Satz und in Verbindung damit das Wichtigste aus der Formen=lehre. Lesen, Erzählen und Deklamieren ausgewählter Lesestücke nach dem Lesebuche von Hopf und Paulsiek. Schriftliche, orthographische und grammatische Übungen. A. Goebel; B. Wiegand.

3. Religion 3 St. Biblische Geschichten des Alten Testaments bis zur Teilung des Reichs. Repetition der in der Vorschule gelernten Stücke des Neuen Testaments. Sprüche und Kirchenlieder mit Benutzung von Lüttgerts Hilfsbuch. Kemper.

4. Geographie 2 St. Einübung der allgemeinen Vorkenntnisse. Physische und politische Geographie Europas. A. Krüger; B. Niedergerke.

5. Rechnen 4 St. Die vier Grundrechnungsarten in ganzen Zahlen und Brüchen; neues Geld, Maß und Gewicht. Einfache Regeldetri nach der Schlußrechnung. Regelmäßige Übungen im Kopfrechnen. A. Kemper; B. Beudel.

6. Naturgeschichte 2 St. kombiniert. Beschreibung einzelner Individuen aus der Botanik und Zoologie. Anschauungsübungen am menschlichen Skelett. Erzählungen aus dem Leben der Säuge=tiere. Beudel.

b. Realklassen.

Real=Prima. (Klassenlehrer: Professor Jüngst.)

1. Latein 3 St. Im Sommer: Vergil Aen. lib. II. Im Winter: Livius lib. XXIII, XXI und XXII mit Auswahl, zum Teil ex tempore übersetzt. Syntaktische Repetitionen mit eigenen Bei=spielen der Schüler. Direktor.

2. Deutsch 3 St. Aufsätze, je einer in vier Wochen. Lektüre aus dem epischen Gebiete, die bedeutendsten Werke auf diesem Gebiet auch in der alten und außerdeutschen Litteratur berücksichtigend. Freie Vorträge, je einer in der Woche. Jüngst.

3. Französisch 4 St. Lektüre: Voltaire, Siècle de Louis XIV. Zaïre. Voltaire, Alzire, Tancrède (Privatlektüre). — Grammatik von Plötz repetiert. — Dictées: Synonyma ꝛc. Retrovertier=übungen. Wöchentlich ein Exercitium oder Extemporale. Alle vier Wochen ein Aufsatz. Humbert.

4. Englisch 3 St. Lektüre 2 St. Im Sommer: Stücke aus Addisons Spektator. Im Winter: The Deserted Village, the Traveller, She stoops to conquer von Oliver Goldsmith. Grammatik 1 St. Fölsings Schulgrammatik 1—188, 213—281. Mündliche und schriftliche Übersetzung ins Englische aus Schlee, Geschichte Englands I. Teil. Aufsätze, Extemporalien. Schlee.

5. Religionslehre 2 St. Repetition der Kirchengeschichte. Einleitung in das Alte Testa=ment. Ausgewählte Abschnitte des Neuen Testaments wurden gelesen. Perthes.

6. Geschichte und Geographie 3 St. Die Geschichte des Mittelalters nach Dielitz und freier Vortrag 2 St. Geographie von Spanien, Portugal und Frankreich 1 St. Jüngst.

7. Mathematik 5 St. Repetition der Stereometrie und Trigonometrie. Kegelschnitte. Lösung von Konstruktionsaufgaben durch geometrische und algebraische Analysis. Allgemeine Gleichungen 2. bis 4. Grades. Trigonometrische Lösung der Gleichungen 3. Grades, sowie numerischer Gleichungen höheren Grades durch Näherung. Zinses=Zins und Rentenrechnung. Kombinationslehre. Angewandte Gleichungen. Rosendahl.

8. **Physik** 4 St. Berechnung zusammengesetzter Aufgaben aus dem Gesamtgebiet der Physik. Rosendahl.

9. **Chemie** 3 St. Im Sommer: die Metalloide und deren Verbindungen. Im Winter: Theorie und Stöchiometrie nach Roscoes Leitfaden und die Metalle. Wilbrand.

Real-Sekunda A. (Klassenlehrer: Professor Dr. Rosendahl.)

1. **Latein** 4 St. Grammatik nach Siberti-Meiring: Einzelnes aus der Kasuslehre; dann § 577—617, 623—632, 681 flg., 763 flg.; vierzehntägige Extemporalien, teils im Anschluß an die Lektüre, teils grammatischer Art. 2 St. Lektüre: Curtius III und IV mit Auswahl. 2 St. Direktor.

2. **Deutsch** 3 St. Aufsätze je einer in vier Wochen 1 St. — Wiederholende Übersicht des grammatischen Gebietes 1 St. — Recitation von Gedichten mit eingehender Besprechung derselben, Lektüre aus Nibelungen und Gudrun. 1 St. Jüngst.

3. **Französisch** 4 St. Lektüre: Sand, la petite Fadette; Scenen aus Molière, Gedichte von Viktor Hugo und Béranger aus den Deklamierübungen von Humbert. Grammatik: Plötz II. bis zu Ende. Alle 14 Tage ein Extemporale. Humbert.

4. **Englisch** 3 St. Grammatik 1 St.: Fölsing Lektion 1—114 und die unregelmäßigen Verba. Exerzitien und Extemporalien. — Lektüre 2 St.: Tales from Shakspeare von Charles Lamb und Columbus von Irving. Schlee.

5. **Religion** 2 St. Apostelgeschichte, Galaterbrief, Jakobusbrief. Perthes.

6. **Geschichte und Geographie** 3 St. Die griechische Geschichte nach freiem Vortrage; die häusliche Nachübung nach Dielitz und Herbst 1 St. — Geographie von Asien nach freiem Vortrag; häusliche Nachübung nach Daniel. Repetitionen aus der Geographie Deutschlands. 2 St. Jüngst.

7. **Mathematik** 4 St. Wiederholung der Geometrie von der Lehre von der Ähnlichkeit an. Berechnung der regelmäßigen Polygone und des Kreises. Geometrische Konstruktionsaufgaben (nach Kambly), Lösung geometrischer Aufgaben durch algebraische und geometrische Analysis. Trigonometrie. Wiederholung der Elemente der allgemeinen Arithmetik. Gleichungen ersten und zweiten Grades mit einer und mehreren Unbekannten. Logarithmische Gleichungen. (Meyer-Hirsch, Aufgabenrechnung.) Rosendahl.

8. **Rechnen** 1 St. Wechselrechnung. Arbitrage. Kalkulationen. Terminrechnung. Rosendahl.

9. **Physik** 4 St. Statik und Dynamik. Akustik. Rosendahl.

10. **Naturgeschichte** 2 St. Kombiniert mit RIIb. Im Sommer Botanik, die Familien des natürlichen Systems. Im Winter Gesteinslehre und die geologischen Formationen. Wilbrand.

Real-Sekunda B. (Klassenlehrer: Oberlehrer Dr. Humbert.)

1. **Latein** 4 St. Lektüre: Caesar bell. gall. VII, 48 bis Ende, VIII—c. 15, 2 St. — Grammatik: Die „daß-Sätze" nach Siberti-Meiring. Wiederholung eines Teils der Kasuslehre. Alle 14 Tage ein Extemporale, teils im Anschluß an die Lektüre, teils grammatischer Art. 2 St. Direktor.

2. **Deutsch** 3 St. Lektüre von Schillers Tell, im Winter von Homers Odyssee, Übersetzung von Voß; im Anschluß daran einiges aus der Metrik und Poetik. — In der Grammatik die Lehre von der Deklination und Konjugation. Alle vier Wochen ein Aufsatz. Wapenhensch.

3. Französisch 4 St. Plötz II. Lektion 1—63. Alle 14 Tage ein Extemporale. — Lektüre: Thiers expédition d' Egypte. Humbert.

4. Englisch 3 St. Repetition des Obertertianer=Kursus nach dem Zimmermannschen Lehrbuch und Beendigung des letztern. Exerzitien und alle 14 Tage ein Extemporale. 1 St. — Lektüre: Tales of a grandfather by Walter Scott. A. Childs History of England. 2 St. Schlee.

5. Religion 2 St. Lektüre: Apostelgeschichte, Galaterbrief, Jakobusbrief. Perthes.

6. Geschichte und Geographie 3 St. Römische Geschichte bis Marc. Aurel. nach Herbsts Hilfsbuch). 2 St. — Geographie von Afrika und Amerika. Nach Daniel. 1 St. Wapenhensch.

7. Mathematik 5 St. Geometrie: Wiederholung von der Lehre von der Ähnlichkeit an. Berechnung der regelmäßigen Polygone und des Kreises. Trigonometrie (nach Kambly). 2 St. Rosendahl.

8. Arithmetik 2 St. Logarithmen, Gleichungen 1. Grades mit mehreren und 2. Grades mit einer Unbekannten. Meier=Hirsch Aufgabensammlung. Rechnen 1 St. Wechselrechnung, Arbitrage, Warenkalkulationen und Terminrechnung. Eickhoff.

9. Physik 4 St. Magnetismus, Elektricität und Wärme. Wilbrand.

10. Naturgeschichte 2 St. Kombiniert mit IIa. Wilbrand.

Real=Obertertia. (Klassenlehrer: Gymnasiallehrer Schlee.)

1. Latein 5 St. Kasuslehre, besonders Ablativ, einzelnes aus der Moduslehre, nach Siberti=Meiring. Wiederholungen aus der Formenlehre, Übungen im mündlichen Übersetzen aus Spieß (Tertia). Gelesen Caesar bell. gall. lib. I und II. Alle 14 Tage ein Extemporale. Schaunsland.

2. Deutsch 3 St. Dispositions= und Deklamationsübungen. Alle drei Wochen ein Aufsatz. Poetische und prosaische Stücke des Lesebuchs von Hopf und Paulsiek wurden besprochen. Lektüre von Schillers Tell. Lehre von dem Periodenbau. Goebel.

3. Französisch 4 St. Grammatik von Plötz, Lektion 1—38, teils mündlich repetiert, teils mündlich und schriftlich neu durchgearbeitet. Gelesen: Abschnitte aus der Chrestomathie von Plötz. Wöchentlich ein Extemporale. Schlee.

4. Englisch 4 St. Grammatik von Zimmermann: Substantiv, Abjektiv, Pronomen, regelmäßiges und unregelmäßiges Verbum. Jede Woche ein Extemporale. Memorierübungen. Lektüre aus Tales of a grandfather by W. Scott. Schlee.

5. Religion 2 St. Lektüre ausgewählter Abschnitte des Neuen Testaments. Perthes.

6. Geschichte 2 St. Deutsche Geschichte des Mittelalters bis 1648, im Sommer Goebel, im Winter Strenger.

7. Geographie 2 St. Die physische und politische Geographie Europas, mit Ausnahme Deutschlands (nach Daniels Leitfaden). Im Sommer Wilbrand, im Winter Strenger.

8. Mathematik 4 St. Geometrie: Repetition und Vollendung der Planimetrie. Kambly Abschnitt 5. und 6. Lösung geometrischer Konstruktionsaufgaben. Arithmetik: die Lehre von den Potenzen und den Wurzelgrößen. Gleichungen 1. Grades mit einer Unbekannten. Eickhoff.

9. Rechnen 2 St. Repetition der Dezimalbruchrechnung, Gesellschafts= und Mischungsrechnung nach Kleinpaul. Eickhoff.

10. Naturgeschichte 2 St. Im Sommer Botanik: Übungen im Bestimmen der Pflanzen, nach Jüngsts Flora. Im Winter Zoologie (die Ordnungen der Insekten). Außerdem Betrachtung einer Auswahl der wichtigeren Mineralien. Wilbrand.

Real-Untertertia. (Klassenlehrer: Gymnasiallehrer Eickhoff.)

1. Latein 5 St. Wiederholung der Formenlehre. Lehre vom Nominativ, Akkusativus, Dativus und Genitivus bis § 490 v. Siberti-Meiring. Übersetzen nach Spieß für Quarta. Lektüre von Cornelius Nepos. 14tägige Extemporalia. Schäfer.

2. Deutsch 3 St. Satzlehre, Wiederholung der Interpunktionslehre, Übungen im Deklamieren und Lesen von Poesie und Prosa nach dem Lesebuch von Hopf und Paulsiek. Alle drei Wochen eine schriftliche Arbeit. Schäfer.

3. Französisch 4 St. Grammatik: Plötz II. Lektion 1—23; jede Woche ein Extemporale. Lektüre: Au coin du feu von Souvestre. Humbert.

4. Englisch 4 St. Grammatik von Zimmermann: Methodische Elementarstufe. Jede Woche ein Extemporale. Schlee.

5. Religion 2 St. Altes Testament II. Teil. Repetition des Katechismus. Perthes.

6. Geschichte 2 St. Brandenburgisch-preußische Geschichte nach dem Leitfaden von Dielitz. Perthes.

7. Geographie 2 St. Deutschland nach dem Leitfaden von Daniel. Im Sommer Eickhoff, im Winter Nierhoff.

8. Mathematik und Rechnen 6 St. Geometrie: Repetition und Erweiterung des früheren Pensums, Lehre vom Kreise, von den Vielecken und der Gleichheit der Figuren; Lösung leichterer geometrischer Konstruktionsaufgaben (nach Kambly). Arithmetik: Die vier Spezies mit absoluten und relativen Größen. Zerlegung algebraischer Summen in Faktoren, Heben, Addition und Subtraktion der Brüche. Numerische Gleichungen ersten Grades mit einer Unbekannten. Rechnen: Repetition der Decimalbruchrechnung, abgekürztes Multiplizieren und Dividieren mit Decimalbrüchen. Rabatt-, Diskontorechnung und leichtere Warenkalkulationen. Eickhoff.

9. Naturgeschichte 2 St. Im Sommer Botanik. Übungen im Bestimmen der Pflanzen nach Jüngsts Flora. Im Winter Mineralogie. Betrachtung einiger Krystallformen. Allgemeine Eigenschaften der Mineralien. Die Brenze; die wichtigsten Metalle und Erze. Wilbrand.

Real-Quarta. (Klassenlehrer: Gymnasiallehrer Perthes.)

1. Latein 6 St. Wiederholung der regelmäßigen und unregelmäßigen Formenlehre. Gebrauch des Infinitiv und Partizipium. Einige Regeln aus der Syntax nach Spieß' lateinischem Übungsbuch für Quinta. Exerzitien. Lektüre aus dem Herodot von Weller. Alle 14 Tage ein Extemporale. Goebel.

2. Deutsch 3 St. Repetition und Erweiterung der Satzlehre, nebst den Regeln über die Interpunktion nach Anhang von Hopf und Paulsiek. Lektüre und Auswendiglernen von Gedichten, ebenfalls nach Hopf und Paulsiek. Alle drei Wochen ein Aufsatz. Perthes.

3. Französisch 5 St. Plötz Elementarbuch bis Lektion 85. Wöchentlich ein Extemporale. Humbert.

4. Religion 2 St. Das erste und zweite Hauptstück des lutherischen Katechismus nach der Spruchsammlung von Lüttgert. Kirchenlieder wurden gelernt, das in V gelernte Pensum repetiert. Perthes.

5. Mathematik und Rechnen 6 St. Planimetrie: Die Lehre von den geraden Linien, den Winkeln, den Dreiecken und Parallelogrammen nach Kamblys Lehrbuch der Planimetrie. Lösung

leichterer Konstruktionsaufgaben. Rechnen: Decimalbrüche, Regeldetri, Kettenregel und Zinsrechnung nach Kleinpaul. Eickhoff.

6. Geschichte und Geographie 4 St. Geschichte 2 St. Griechische Geschichte bis Philipp, Römische Geschichte bis Caesar, nach Jägers Hilfsbuch. Geographie 2 St. Europa, ausgenommen Deutschland, nach Daniel. Perthes.

7. Naturgeschichte 2 St. Im Sommer Botanik: Übungen im Beschreiben der Pflanzen. Im Winter Zoologie: die Vögel, nach Leunis Leitfaden. Wilbrand.

c. Vorschule.

Erste Klasse. (Lehrer Krüger.)

1. Deutsch 8 St. Lesen 4 St. Orthographische und grammatische Übungen 4 St.

2. Religion 3 St. Biblische Geschichte nach Ranke. Erstes Hauptstück mit Luthers Erklärung, dabei dreißig Sprüche und drei geistliche Lieder.

3. Geographie 1 St. Heimatkunde, Übersicht vom preußischen Staate, von Deutschland und Europa.

4. Rechnen 6 St. Die vier Spezies mit unbenannten und benannten Zahlen, schriftlich im unbegränzten Zahlenraum, Kopfrechnen im Zahlenraum von 1 bis 10 000.

5. Schreiben 3 St. Übung in deutscher und lateinischer Schrift nach dem Vorschreiben des Lehrers.

6. Singen 1 St. Choräle und leichte Volkslieder nach dem Gehör.

Zweite Klasse. (Lehrer Niedergerke.)

1. Deutsch 9 St. Übungen im logischen Lesen 5 St. Grammatische und orthographische Übungen 4 St.

2. Religion 3 St. Biblische Geschichte nach Ranke. Erstes und drittes Hauptstück ohne Luthers Erklärung, dabei zwanzig Sprüche und einzelne Strophen geistlicher Lieder.

3. Rechnen 5 St. Die vier Spezies mit unbenannten Zahlen, schriftlich im sechsstelligen Zahlenraume, Kopfrechnen im Zahlenraume von 1—1000.

4. Schreiben 4 St. Übung in Buchstaben, Wörtern und Sätzen.

5. Singen 1 St. Choräle und leichte Volkslieder nach dem Gehör.

Dritte Klasse. (Lehrer Beudel.)

1. Lesen und Schreiben 9 St. Erlernung der Lesefertigkeit in deutscher und lateinischer Druckschrift. Sprechübungen im Anschluß an den Lesestoff der Fibel. Schreiben der deutschen Schriftzeichen, einzeln, in Silben, Wörtern und Sätzen. Abschreiben aus der Fibel.

2. Religion 2 St. Eine kleine Auswahl biblischer Geschichten, zuletzt im Anschluß an die biblischen Historien von Ranke.

3. Rechnen 6 St. Die vier Spezies mit unbenannten Zahlen im Zahlenraume von 1—100. Erlernung des Einmaleins.

4. Singen 1 St. Einübung einiger Liedchen.

Themata zu den Aufsätzen.

a. Lateinische.

Prima: 1. a) Occisus Caesar aliis pessimum, aliis pulcherrimum facinus videbatur (Tac. An. I. 8); b) Triumviri qui vocantur priores post res florentissimas misere omnes perierunt. — 2. a) Acerrimum nominis Romani adversarium extitisse Hannibalem; b) Utrum eae virtutes, quas Cicero in summo imperatore inesse oportere dicit, in Hannibale fuerint necne, disputetur. — 3. a) Componantur et exponantur exempla a Cicerone variis locis orationis Plancianae ex historia Romana desumpta; b) Quae res Plancio suffragatae sint, ut aedilis fieret (Cic. p. Planc. 19—31). — 4. a) Prolegomena ad Ciceronis orationem Plancianam; b) Ea fato quodam Romanis data sors est, ut magnis omnibus bellis victi vincerent (Liv. 26, 41) (Klausur). — 5. a) Virtutem incolumem odimus, Sublatam ex oculis quaerimus (Hor. od. 3, 24. 31); b) De impietate Atheniensium in cives optime de re publica meritos. — 6. a) Quae peccata ab Agamemnone commissa demonstrari possint ex Iliadis libro primo; b) Enarratio Iliadis libri sexti. — 7. a) Germanicum Caesarem, quamquam difficultatibus conflictaretur maximis, cladem Varianam egregie ultum esse; b) Narrentur bella, quae Romani usque ad mortem Augusti cum Germanis gesserunt. — 8. a) Qui fit, ut omnium ducum Homericorum maxime Hector adolescentibus in amore sit atque in deliciis; b) Explicetur, quomodo Jupiter Thetidi promissa absolverit. — 9. a) De Hasdrubalis expeditione in Italiam suscepta; b) Quid Claudiis debeat Roma (Klausur). — 10. Maximo, Marcello, Scipioni, Mario non solum propter virtutem, sed etiam propter fortunam imperia mandata esse (Cic. p. leg. Man. 16, 47).

Ober-Sekunda: 1. Antiquitus optimo cuique accidit, ut in exilium mitteretur. — 2. Senectutem a rebus gerendis non abstrahere quibus exemplis Cicero comprobaverit. — 3. Quid causae fuerit, cur Cicero legem Maniliam suaserit. — 4. Cn. Pompeius quas res bene gesserit ante bellum Mithridaticum. — 5. Quanta fide Hannibal insiurandum patri datum se perpetuum Romanorum inimicum fore servaverit. — 6. Summorum virorum colligantur tristissimi exitus.

b. Deutsche.

Gymnasial-Prima: 1. a) Gedankengang einer Klopstockschen Ode nach eigener Auswahl. — b) Einteilung der schönen Künste und Charakterisierung derselben. — 2. a) Die frühere und die jetzige deutsche Kaiserkrone. — b) Schön ist der Friede — — — aber der Krieg auch hat seine Ehre. — 3. a) Der Wert einer Ursprache. — b) Die Soldaten in Lessings „Minna von Barnhelm". — 4. a) Inwiefern verdient Nathan den Namen des Weisen? — b) Ubi bene ibi patria (Als Dialog behandelt). — 5. Warum und wie haben wir Klopstock zu feiern? (Klausuraufsatz). — 6. Die Aristotelischen Schlußfiguren in eigenen Beispielen. — 7. a) Begeisterung, Schwärmerei, Fanatismus: ihr Einfluß auf geschichtliche Ereignisse. — b) Wie kann sich der Abiturient später seiner Anstalt dankbar erweisen? (Versuch einer Rede). — 8. a) Charakteristik der Goethischen Iphigenie. — b) Welchen Einfluß hatten die Gladiatorenspiele auf die Römer? — 9. Wer ist mein Lieblingsheld? — 10. „Was unsterblich im Gesang soll leben, muß im Leben untergehn" (Klausurarbeit). — 11. a) Griechenland und Deutschland verglichen hinsichtlich ihrer innern Uneinigkeit. — b) „Der Wahn ist kurz, die Reu ist lang."

Real-Prima: 1. Die Segnungen des Ackerbaus nach Schillers Eleusischem Feste. 2. Das tiefe Eingreifen der germanischen Völker bei der Völkerwanderung. — 3. a) Die Sparrenburg und ihre Geschichte. — b) Ist Armut oder Reichtum dem Menschen gefährlicher? — 4. a) Die bedeutendsten Vorzüge der deutschen Sprache. — b) Goethes „Gesang der Geister über den Wassern." 5. Welche Stellung nimmt die Elegie in der deutschen Litteratur ein? (Klausurarbeit). — 6. Die Veranlassungen, welche die abendländischen Christen zu den Kreuzzügen trieben. — 7. a) Deutschland, das Herz Europas. — b) Warum ist dem Menschen der Blick in die Zukunft versagt? — 8. a) Reizvoll klinget der Ruhm in das schlagende Herz, und die Unsterblichkeit — ist des Schweißes der Edlen wert. — b) Die Neugier in schlimmer und guter Seite (anknüpfend an „Hermann und Dorothea" V. 70 ff.). — 9. Der geschichtliche und poetische Wilhelm Tell. — 10. „Drei Blicke thu' zu deinem Glück: schau aufwärts, vorwärts, schau zurück" (Klausurarbeit). — 11. „Von der Stirne heiß rinnen muß der Schweiß, soll das Werk den Meister loben, doch der Segen kommt von oben." — 12. Die Hohenstaufen und die Hohenzollern. Eine Parallele.

Real-Obersekunda: 1. Sparsamkeit und Geiz. — 2. Worauf gründet sich und wie äußert sich das Übergewicht Europas? — 3. Die Vorteile des Fußreisens. — 4. Ausführliche Schilderung einer sommerlichen Turnfahrt. — 5. Metrische Übung. — 6. Die Fremdwörter und ihre Behandlung in unserer Sprache. — Die Spiele nach ihrer Einteilung und ihrem Wert. — 8. Über die griechischen Kolonieen. — 9. Frühling und Jugend. — 10. Versuch eines Weihnachts- oder Neujahrswunsches in metrischer Form. — 11. Wie ist das Sprichwort zu verstehen: „Mit guten Vorsätzen ist der Weg zur Hölle gepflastert"? — 12. Ist das Meer mehr trennend oder verbindend? (Versetzungsarbeit).

Gymnasial-Sekunda: 1. Des Themistokles Verdienste um Athen. — 2. Wie müssen wir das Benehmen Gunthers gegen Siegfried im Nibelungenliede beurteilen? — 3. Der Charakter Hagens im Nibelungenliede (Klassenarbeit). — 4. Mit welchen Schwierigkeiten hatten die Griechen auf ihrem Rückzuge nach dem Tode des Cyrus zu kämpfen? — 5. Jede Schuld rächt sich auf Erden (Chrie). — 6. Gudrun, das vollkommenste Bild echter Weiblichkeit, ein verkörpertes Ideal unwandelbarer Treue in der Liebe, ein leuchtendes Muster christlicher Demut und Gottesergebung (Klassenarbeit). — 7. Tellheim, Werner, Just, drei Vertreter der Armee Friedrichs des Großen. — 8. Freiheit und Gleichheit hört man schreien. — 9. Wallensteins Soldateska, Charakteristik nach Wallensteins Lager von Schiller. — 10. Wallenstein, des Lagers Abgott und der Länder Geißel (Klassenarbeit).

c. Französische und Englische.

Französische: 1. Résumé des six premiers chapitres du „Siècle de Louis XIV." — 2. Résumé des chapitres VII—IX, du „Siècle de Louis XIV." — 3. Vie de Condé. — 4. Vie de Turenne. — 5. Expédition de Xerxès en Grèce. — Alexandre le Grand.

Englische: 1. Macbeth. — 2. Hamlet. — 3. The disappointed invasion of England by the Spaniards in 1588. — 4. The English Colonies (Klausur). — 5. The Potato. — 6. A happy Holiday. — 7. Gustavus Adolphus in Germany. — 8. The Destruction of Maidenburgh. — 9. The political importance of the battle of Sedan. — 10 The first Crusade.